Début d'une série de documents
en couleur

COUVERTURES SUPERIEURE ET INFERIEURE D'IMPRIMEUR

Fin d'une série de documents
en couleur

LE

PALAIS DE MARBRE

1re SÉRIE IN-8°

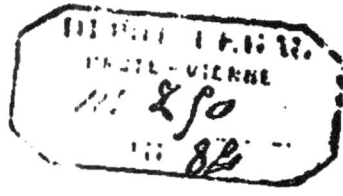

VOYAGE A TRAVERS LE TONQUIN

LE
PALAIS DE MARBRE

PAR

E. PARÈS.

LIMOGES
EUGENE ARDANT ET Cⁱᵉ, ÉDITEURS

VOYAGE A TRAVERS LE TONQUIN

LE PALAIS DE MARBRE

I. — Le Tonquin.

Entre les 18me et 23me degrés de latitude nord, situé au fond d'un golfe immense que défend l'île d'Haï-Nan, existe un pays curieux à tous égards et pourtant peu connu aujourd'hui, encore, malgré les vaillants efforts, l'énergique persévérance d'un de nos compatriotes, M. Jean Dupuis et l'expédition légendaire du commandant Garnier.

Nous avons nommé le Tonquin...

Cette riche contrée qu'un fleuve important, le Song-Koï, traverse entièrement, est limitée au nord-ouest par l'Annam et l'empire Birman, au nord par la Chine, à l'est, enfin, par la mer. Plat et sablonneux le long des côtes, le pays s'élève graduellement, en collines d'abord, puis en montagnes qui courent rejoindre les massifs de la

Chine méridionale. Le reste du territoire se compose de vastes rizières, de champs admirablement fertiles, enfin de plaines et d'épaisses forêts, refuges respectés des fauves, tigres, jaguars, panthères, et même d'éléphants sauvages accourus des royaumes de Siam et de Laos.

Dans ce pays aimé du soleil, la nature déploie une sève, une richesse inouïe; non-seulement les essences forestières, depuis le pin des montagnes jusqu'aux sycomores, aux jacquiers, aux aréquiers, aux monstrueux *bo-dé* des plaines, peuvent offrir aux *squatter* une fortune assurée; mais encore les rizières, les champs propres à toutes les cultures, les plantations de thé, de mûriers, de cotonniers, les vergers où croissent pêle-mêle avec les arbres des pays tempérés, l'oranger, le citronnier, le bananier, les jardins pleins de tomates, de concombres, de melons, d'aubergines, d'ananas, n'attendent qu'une direction intelligente pour rendre au centuple la semence qu'on leur aura confiée.

Mais la plus grande, la principale richesse du nord du Tonquin et de la frontière chinoise, serait sans contredit l'exploitation minière. La houille, si précieuse aujourd'hui et qu'un publiciste a si justement nommée le *pain de l'industrie*, abonde de tous côtés, et d'un bout à l'autre de cet immense territoire, on ne peut pour ainsi dire faire un pas sans rencontrer une mine de plomb, d'étain, de fer, de cuivre, d'or ou d'argent, sommairement exploitée par les indigènes.

Pourtant malgré tous ces trésors naturels, malgré sa

population de plus de quinze millions d'habitants, le Tonquin est pauvre et misérable, plus misérable que le céleste Empire, et ce n'est pas peu dire... Et cela est compréhensible : pressuré, pillé, battu, torturé par les mille petits mandarins venus de l'Annam. Car le Tonquin n'est qu'une province de la cour d'Hué, vassale elle-même de la Chine, le paysan tonkinois ne pense, ne vit, ne s'agite que pour ses maîtres. Adieu alors l'initiative, la persévérance, le courage au labour! Le pauvre diable, qui sait qu'il ne travaille pas pour lui, mais bien pour ses maîtres, se complaît dans une nonchalance honteuse, où, lorsqu'il possède quelques ligatures de sapèques, se dépêche bien vite d'aller les dépenser en eau-de-vie de riz, en tabac opiacé dans des bouges immondes.

Pendant ce temps la famille vit à la grâce de Dieu...

Le Tonquinois, malgré ces défauts, est pourtant intelligent, âpre au gain, ne recule devant aucun travail quand il sait que ce travail lui sera payé autrement qu'en coups de corde ou de *cadouille*. Animé d'un certain esprit patriotique, il déteste cordialement ses oppresseurs; mais, sans courage pour résister en face et fataliste comme tous les peuples de l'extrême Orient, il se résigne passivement au joug, quand il lui suffirait d'un seul effort pour secouer et jeter à bas jusqu'au dernier vestige de la domination annamite.

Cet esprit de haine, d'hostilité cachée, il l'a bien montré pendant l'expédition Garnier, alors qu'avec quelques hommes seulement le vaillant officier français enleva Ha-Noï et presque toutes les villes du delta du fleuve (1)...

Hélas! cet effort devait être stérile... Après la mort du commandant Garnier, assassiné par les insurgés le 21 décembre 1873, son successeur, M. Philastre, s'empressa de défaire ce qu'il avait et de remettre aux envoyés anna-mites les places et les citadelles si vaillamment, si coura-geusement conquises.

Le pays retombait sous l'oppression dont il s'était cru à jamais débarrassé.

Cependant l'expédition du commandant Garnier n'avait pas été tout à fait inutile : presque à dater de ce moment un traité avait été signé entre la France et l'Annam, le fleuve Rouge ou Song-Koï était ouvert au commerce euro-péen et des garnisons nous étaient accordées dans les principales villes du Tonquin.

Si on a lu attentivement le rapide aperçu que nous avons tracé plus haut, on a vu que nous avons omis de parler des routes, des grandes voies de communication. C'est que ces voies, ces routes n'existent pour ainsi dire pas, c'est que les brousses, les jungles, les forêts sont infestées de bandits, d'insurgés qui, de compte à demi avec les tribus indépendantes, pillent, rançonnent les voyageurs et les marchands.

Le tout pour la plus grande gloire de la civilisation et de l'empereur Tu-Duc, souverain providentiel de l'Annam et du Tonquin!...

_____

(1) Octobre 1873.

Mais le fleuve Rouge est là! Navigable sur presque tout son parcours, baignant les principales villes tonquinoises, les seules commerçantes, cette grande artère reçoit de nombreux affluents, le Thaï-Binh, le Tsin-ho ou rivière claire, le Man-si-ho, le Hé-ho ou rivière noire, le Yué-ho ou rivière de canton, etc..., qui coulent des différents points de la province et peuvent porter jonque ou sampangs, remplaçant ainsi les routes tortueuses et infestées de brigands.

Et que de richesses sur les rives de tous ces fleuves ou rivières! Or, cuivre, argent, plomb, étain s'y trouvent à profusion, sans compter les productions exhubérantes d'une nature presque vierge encore!...

Le fleuve Rouge réalise aujourd'hui la solution du problème tant cherché par les Anglais : une route commerciale entre la Chine et l'Inde. Nul n'ignore leurs démarches, leurs tentatives dans ce sens. Et cette route, cette voie exceptionnelle est entre notre pouvoir! et nous n'aurions qu'à étendre la main pour la saisir, la confisquer à notre profit, car la population tonquinoise, lassée du joug, des oppressions Annamites, ne demande qu'à se jeter dans nos bras !...

De là bien des rivalités cachées...

Qu'on lise les comptes-rendus des expéditions Garnier et Dupuis, et on verra que nous n'avançons rien qu'une soit surabondamment prouvé...

Les principales villes du Tonquin sont Ha-Noï, capitale de la province, Haï-Phong, Haï-Dzuong, Quang-Yèn, toutes sur le delta du fleuve. Les autres villes, éparses dans l'intérieur des terres ou sur les bords du fleuve, ne sont que des bourgades sans importance aujourd'hui, mais susceptibles de devenir de grands centres industriels quand le pavillon, l'esprit, l'influence de la France régneront dans ces parages.

Mais il faut se hâter si nous ne voulons que les travaux, les dévouements, l'intrépidité des Garnier et des Dupuis ne s'effacent dans l'esprit de ces peuplades mobiles, si nous ne voulons que tout ce qui a été fait déjà ne soit à refaire encore.

Le sang français a coulé sur cette terre et l'a consacrée française.

D'autre part l'Angleterre est là qui guette la possession de cette riche contrée, de ce fleuve unique qui lui assurerait le facile débouché de ses productions indiennes, voie autrement commode et productive que celles qu'elle a successivement rêvées à travers les vallées du Brahmapoutra, de l'Irouaddy, de la Birmanie, etc...

A chaque jour suffit sa tâche, il est vrai, mais au point ou les événements en sont arrivés dans l'extrême orient, il ne nous est plus permis de reculer.

Le Tonquin est gouverné par un vice-roi nomme par la cour d'Hué et résidant dans la citadelle de Ha-Noï. Les autres parties de la province sont confiées à des préfets, sous-préfets, gouverneurs, maires, qui tous, mandarins pour le moins, entretiennent un luxe vraiment ridicule de secrétaires, d'attachés, de courtisans et de soldats

Les mœurs sont à peu près celles de l'Annam. Si infimes que soient les pays qu'ils gouvernent, les mandarins sont tout-puissants et ne gouvernent qu'avec ces trois choses : l'amende, le sabre et le bâton ; la prison est plus rarement employée, car si peu que mange un prisonnier on ne peut pourtant le laisser mourir de faim, et cela coûte à l'avarice des gouvernants.

La cour d'Hué est trop éloignée pour entendre les plaintes, les doléances de ces pauvres diables pillés, battus, rançonnés sans merci. D'ailleurs, les entendrait-elle, que l'empereur Tu-Duc, emprisonné comme dans une forteresse dans son palais inaccessible à tout ce qui n'est pas prince ou ministre, — et les loups ne se mangent pas entre eux, — élevé sur le piédestal divin que lui crée la vénération de ses sujets, n'y pourrait rien !.....

Un dieu peut-il s'abaisser jusqu'aux choses de la terre ?

Les religions sont nombreuses au Tonquin où les sectes jouissent d'une grande tolérance. Musulmans, métempsycosistes, bouddhistes, sectateurs de confucius, tout ce monde se coudoie sans se gêner. La religion catholique y compte aussi de nombreux représentants; plusieurs missions y sont établies; mais depuis les événements de 73, convaincus par les partisans de l'Annam d'avoir prêté aide à l'expédition Garnier, les malheureux chrétiens chassés, traqués comme des bêtes fauves, ne vivent que sous la crainte perpétuelle du sabre et du bâton.

Après cette notice que nous avons essayé de rendre aussi complète que possible, tout en lui conservant une forme succincte, nous allons reprendre la suite des aventures de Paul Lavergne et de son ami Blanchet, aventures que nos jeunes lecteurs qui ont suivi le récit : *La Fille du Dragon Rouge*, n'ont sans doute pas oubliées.

———

II. — Où l'on voit paraître le Mystérieux Dragon-Rouge.

Transportons-nous par un beau soir de mai 188... sur sur un des bras du Song-Koï, le Ho-dzing, petite rivière aux eaux fraîches et limpides, coulant un peu au-dessus du confluent du fleuve et de Tsin-ho.

C'était l'heure où la solitude qui plane sur la nature la rend plus belle, plus grandiose, car elle semble sortir vierge encore des mains du créateur, car nul bruit étranger ne trouble son silence majestueux.

La solitude était complète, disions-nous; la rivière épanchait avec un murmure cristallin ses ondes claires et profondes, que les grandes touffes de roseaux et de bambous trouaient çà et là de taches sombres, tandis que les palmiers d'eau balançaient leurs frondes empanachées, que les ébéniers, les aréquiers, les tamariniers dressaient, comme les colonnes d'un temple gothique, leurs fûts énormes et tout festonnés de lianes et de plantes grimpantes.

Sur la rivière pas une barque; au loin pas une hutte, pas une maison.

La lune, d'un jaune pâle et entourée d'un réseau gazeux qui l'agrandissait encore, apparaissait comme un gigantesque ballon dans le ciel tout bleu.

Seule, à l'ombre des grands arbres, une petite pagode au toit bizarre et mille fois découpé, aux murailles de briques rouges, au péristyle supporté par une infinité de colonnettes en bois de teck, se dessinait en relief dans la nuit claire.

Des hérons, protégés par la superstition populaire, avaient établi leurs nids sur les tuiles vernissées du petit édifice, et, encouragés par le calme de cette belle nuit voletaient en rond avec de grands battements d'ailes

Soudain, comme un point noir et à peine perceptible, une barque apparut sur la rivière; elle avançait lentement, malgré les efforts énergiques de deux rameurs, car elle avait à remonter le courant.

Un troisième individu agenouillé à l'avant interrogeait avidement l'espace.

Deux de ces hommes étaient vêtus, comme des marchands aisés, de grandes robes de soie noire brochée de lilas sombre; des foulards de crépon leur entouraient la tête, cachant leurs cheveux relevés en chignon; leurs grands chapeaux de bambou étaient jetés au fond de l'embarcation.

Autant qu'on en pouvait juger par les faibles clartés de la lune, ces hommes étaient jeunes et robustes. Cependant quoique leurs traits fussent bronzés par le soleil, quoi qu'ils portassent tous deux de longues et fines moustaches noires, il était facile de voir qu'ils n'appartenaient ni à la race annamite, ni à la race tonquinoise.

Leur compagnon, au contraire, vêtu de pantalons de cotonnade, serrés à la taille par une écharpe, d'une sorte de tunique également en cotonnade et coiffé d'un grand chapeau de paille en forme de champignon, semblait un Annamite pur sang.

Lorsque la barque — un sampang — fut arrivée en face de la pagode dont nous parlions plus haut, l'homme qui se tenait à l'avant se tourna vers l'un de ses compagnons et, lui montrant de la main une lueur rouge et fantastique qui brilla un instant sur la rive :

— Accoste, lui dit-il ; les espions des pirates nous ont déjà signalés.

Le rameur ne répondit que par une inclination de tête, et dirigeant habilement le sampang il alla l'échouer au fond d'une anse que les saules aux fronts chevelus, les palmiers d'eau aux stipes élancés, les bambous hauts et pressés, couvraient d'un dôme impénétrable.

— Veille bien, Yang ! dit celui qui avait parlé déjà.

Puis, suivi de son compagnon, il sauta sur le sable, laissant la barque à la garde de l'Annamite.

— Les armes prêtes et l'œil et l'oreille aux aguets, reprit-il au bout d'un moment ; l'expédition que nous tentons n'est pas sans danger.

— Bah ! répondit insoucieusement le deuxième personnage, les Annamites sont si braves que je me charge d'eu mettre une douzaine à la raison, rien qu'avec mon seul revolver !

— Tu oublies que nous n'avons pas affaire à de véritables Annamites, mais aux hommes de Touang-yè-ou et de son digne lieutenant Fang-Tiouc.

— Oui, les suppôts de ce fameux *Dragon-Rouge* dont tu es aujourd'hui le successeur...

— Hélas ! parfois je me demande si tout cela n'est pas un rêve, si je possède réellement ce talisman qui peut me rendre plus puissant qu'un *voua* (1), me permettre de sauver Mâ, de réparer en partie les crimes de ces misérables... Si cela était, le Tonquin tout entier m'appartiendrait...

— Courage !...

— Oui, courage !... Mes intentions sont pures, et Dieu qui lit au fond de mon cœur sait que je borne toute mon ambition à arracher cette malheureuse enfant des griffes de ces démons, à lui rendre une famille.

— Pourquoi craindre alors ?

— C'est que près de toucher au but, je doute encore. Qu'importe ! une certitude, si cruelle qu'elle soit, est mille fois préférable à cette anxiété terrible qui m'étreint depuis ce jour fatal !... Encore une heure et nous saurons si Touang ne m'a pas débité une fable, si ce pouvoir, dont il était si fier, il le possédait réellement, s'il a pu me le transmettre à moi, un inconnu, un chrétien...

Tout en causant, avec mille précautions, se glissant

(1) Roi.

comme des reptiles au milieu des hautes herbes, des bambous, des fouillis de plantes qui rampaient sur le sol où pendaient en astragales et en festons de toutes les branches, ils s'étaient approchés de la pagode dont un mur de briques à peine aussi haut qu'un homme les séparait seul.

On ne pouvait y pénétrer que par une seule porte, profonde et crénelée, que surmontait un toit de tuiles vernies avec dragons comme girouettes.

— Entrons! dit le premier de nos inconnus; avec ceci je suis fort...

Et il jeta un regard sur la bague qu'il portait au doigt, un anneau bizarre affectant la forme d'un dragon replié sur lui-même et dont les yeux d'émeraude lançaient des éclairs verts dans la nuit.

Il voulut franchir le seuil. Mais, rapides et comme surgissant de l'ombre, vingt hommes armés de piques et de lances aux hampes ornées de queues de cheval, aux fers larges et recourbés comme des lames de sabres, lui barrèrent le chemin.

Au fond, à l'extrémité d'un petit jardin plein de vases, de statuettes représentant des hommes et des animaux fantastiques, la petite pagode apparaissait comme une tache sombre.

L'inconnu hésitait, non de crainte : lui et son compagnon étaient armés, et ce n'était certes pas la petite troupe qui pouvait les faire reculer. Mais telle n'était pas son intention. A quoi bon employer la violence quand la force morale seule pouvait le conduire à son but ?

Aussi, brusquement, avec un geste souverain, il étendit la main en avant, et les rayons lunaires frappant en plein les émeraudes de l'anneau, les firent briller comme des yeux enflammés. Ce fut comme un coup de théâtre : tous tombèrent à genoux, le front dans la poussière, et murmurèrent avec l'accent de la terreur la plus profonde :

— Le *Dragon-Rouge* !...

L'inconnu jouit un instant de son triomphe.

Puis s'adressant au chef des hommes armés :

— Relève-toi, dit-il, et ne crains rien si tu as été fidèle. Je suis venu autant pour récompenser que pour punir. Que font Fang-Tiouc et mes lieutenants ?

— Ils délibèrent dans la pagode, répondit l'homme sans oser regarder en face le mystérieux Dragon-Rouge.

— Bien !... Conduis-nous.

Les hommes armés prirent les devants et conduisirent les deux inconnus jusqu'à la porte massive qui défendait l'entrée de la pagode. Arrivé là, le chef tira sur un anneau de bronze doré ; aussitôt un grondement formidable, semblable au roulement de chariots pesamment chargés sur des plaques de tôle, ébranla le petit édifice de la base au sommet, et la porte en bois de teck aux panneaux largement sculptés s'ouvrit comme d'elle-même.

— L'heure est donc venue ! murmura en levant vers le ciel un regard chargé d'espérance celui qu'on appelait le Dragon-Rouge.

De son côté son compagnon se disait :

— Enfin, nous allons donc les voir ces fameux écumeurs du Song-Koï!... Une réunion de pirates en plein XIX° siècle, ce doit être drôle !...

Pénétrons dans l'intérieur de la pagode quelques minutes avant l'arrivée de nos inconnus.

L'intérieur du petit temple était brillamment décoré d'autels, d'appliques, de socles surmontés d'une foule de statuettes en porcelaine vernissée que les rayons des lanternes aux parois de soie diversement teintée faisaient resplendir. Une double rangée de colonnes de citronnier supportait la voûte élevée ; au fond était une estrade à laquelle on arrivait en gravissant quelques marches et que dominait l'autel de Bouddha, le dieu tutélaire de l'Annam.

Les murailles laquées et surchargées d'ornements, d'arabesques d'or et d'argent, réfléchissaient encore et renvoyaient mille fois l'éblouissant rayonnement des lumières.

L'assemblée était nombreuse. Il y avait là Fang-Tiouc, le terrible lieutenant du Dragon-Rouge, Long-Siéou le vieux mandarin au crâne dépouillé et pâle comme du vieil ivoire, à la moustache blanche ; Ka-Hoa, Ly-Oua, Tson-Ming, et bien d'autres encore...

Tous portaient le costume annamite dans sa plus grande simplicité.

A la porte, derrière les colonnades, d'autres hommes armés de sabres et de lances se promenaient lentement.

Au moment où nous y pénétrons, la pagode offrait un aspect des plus animés. Chacun parlait, criait, pérorait.

Mais, comme le bruit de la foudre domine tous les bruits, la voix rauque, mordante, de Fang-Tiouc dominait toutes les voix.

— Le temps, rugissait-il, le temps se passe en vaines récriminations et rien n'avance!... L'ennemi, que nous avons cru abattu, terrassé, relève la tête... ses vaisseaux couvrent nos mers, nos fleuves; ses soldats s'emparent de nos villes... encore un effort, et il sera le maître chez nous!...

— Guerre aux étrangers! criaient toutes les voix.

— Oui! guerre et mort aux hommes de l'occident! aux barbares qui viennent corrompre nos enfants, les détacher du culte de leurs ancêtres! A ces misérables qui, ne pouvant vivre dans leur pays, se sont jetés comme sur une proie assurée sur l'Annam et le Tonquin!... Guerre et mort!... Mais pour mener à bonne fin une telle entreprise, pour refouler ces infâmes, les exterminer jusqu'au dernier, *anéantir leurs familles jusque dans la racine* (1), il faut une direction, un chef... Et ce chef, où le trouver?...

— Le Dragon-Rouge! firent toutes les voix.

Fang-Tiouc hocha tristement la tête.

— Qui peut dire ce qu'il est devenu? fit-il avec une feinte tristesse. Frères, je vous ai raconté ce combat terrible que notre jonque livra au large de la baie de Tourane; je vous ai dit comment, contraints par le nombre, nous fûmes forcés de nous rendre aux barbares; comment ils nous conduisirent à Hué... Moi et mes compagnons, nous

(1) Expression annamite.

fûmes relâchés après une courte captivité... Mais lui ?
Qu'est-il devenu ?... Mort peut-être...

— Le Dragon-Rouge ne pouvait mourir! interrompit
Tsen-Ming avec conviction.

— Bouddha, qui nous l'avait envoyé, a pu le rappeler à
lui... Frères, plus de six mois se sont écoulés et le Dragon-
Rouge n'a pas donné signe de vie... Pouvons-nous laisser
incomplète l'œuvre si vaillamment commencée? pouvons-
nous suspendre la lutte quand toutes les chances sont pour
nous ?... Nos navires pourrissent au fond des criques et
des havres ignorés, nos braves compagnons s'abrutissent
dans les tavernes d'opium ou crient déjà à la trahison,
et les *Pavillons noirs* et les *Pavillons jaunes* (1), nos alliés,
se demandent si nous portons des roseaux au lieu de
sabres et de mousquets. Pendant ce temps les barbares
avancent lentement, mais sûrement!... Voulez-vous leur
livrer notre pays?...

—Non ! non ! Mort aux barbares! crièrent les assistants.

Alors Long-Siéou, le vieux mandarin, se leva, et, jetant
un coup d'œil d'intelligence à Fang-Tiouc, fit signe qu'il
voulait parler.

Le silence se fit comme par enchantement.

— Frères, dit-il d'une voix chaude et vibrante, vous
avez entendu Fang-Tiouc. La sagesse parle par sa bouche; ses paroles sont dures ; mais sa raison est droite. A
vous d'aviser... non que je vous dise de remplacer le
Dragon-Rouge, notre chef éternel, celui qui de loin comme

(1) Pirates et bandits établis sur les rives du Song-Koï et du Tsin-ho, d'où
ils rançonnent le haut Tonquin.

de près veille toujours sur nous... non! Mais n'oublions
pas qu'en nous laissant livrés à nous-mêmes, il a peut-être
voulu nous éprouver, voir si nous étions des hommes
hardis, entreprenants ou seulement des enfants incapables
de rien dès qu'ils sont abandonnés à leur seule initiative !... Qui mieux que Fang-Tiouc, l'enfant de prédilec-
tion, le confident du maître pourrait le suppléer, le remplacer au besoin?... Pas d'hésitation, frères, et que Fang-
Tiouc, le *Dragon-Jaune*, prenne le commandement suprême
en l'absence du Dragon-Rouge...

Il se tut, et Fang-Tiouc anxieux, la sueur au front, le
cœur palpitant de crainte et d'espérance, attendit la déci-
sion des pirates.

Seuls peut-être, Long-Siéou et lui n'étoient pas dupes
de la merveilleuse puissance attribuée au Dragon-Rouge;
seuls ils comprenaient que puisqu'il ne reparaissait pas
c'est qu'un malheur lui était arrivé, et ils avaient eu l'au-
dacieuse pensée de le remplacer, de se partager son pouvoir souverain.

Tel était le but de la comédie que venaient de jouer les
deux compères.

Mais ils avaient tort de craindre. Electrisés, fanatisés par
les paroles des vieux mandarins, les pirates agitèrent
bruyamment leurs armes, et une immense clameur s'éleva :

— Longue vie à notre père le *Dragon-Jaune!!!*...

— Enfin! murmura avec l'expression d'une joie déli-
rante Fang-Tiouc rayonnant; enfin, je touche au but !...

Son triomphe devait être de courte durée.

III. — Celui que Fong-Tiouc n'attendait pas.

C'est à ce moment que nos deux inconnus, conduits par le chef des hommes armés, parvinrent à la porte de la pagode.

Aussitôt, mus comme par une commotion électrique, les gonds de cuivre suspendus à la porte résonnèrent bruyamment, et les deux battants, glissant dans des rainures invisibles, s'ouvrirent comme d'eux-mêmes.

A ce bruit formidable les pirates se détournèrent brusquement et saisirent leurs armes.

Les deux inconnus, calmes, souriants, s'étaient arrêtés dans l'encadrement de la porte ; derrière eux, appuyés sur leurs longues lances, les guides semblaient attendre.

Fang-Tiouc avait pâli.

— Lui ! murmura-t-il, lui!... Est-ce l'enfer qui l'amène ?...

Puis s'adressant aux pirates :

— Mort aux espions ! cria-t-il d'une voix rauque.

Les forbans ne demandaient qu'à être excités. Tumultueusement, ils se précipitèrent sur les étrangers dans l'intention de les massacrer. Alors il se passa une scène étrange : l'un des inconnus étendit la main, et les pirates stupéfaits, tremblants, s'arrêtèrent et se prosternèrent le visage voilé derrière leurs mains....

Au doigt de l'inconnu brillait le mystérieux anneau du Dragon-Rouge...

Et, comme la première fois, toutes les voix murmurèrent avec une terreur superstitieuse :

— Le Dragon-Rouge !...

Seul Fang-Tlouo n'avait pas renoncé à la lutte.

— Imposture !... cria-t-il, imposture !... Cet homme n'est pas le *maître*...

Mais les chefs hésitaient. Pour eux la possession de l'anneau mystérieux levait tous les doutes, si les doutes pouvaient exister. Le Dragon-Rouge, d'ailleurs, ce chef redouté, ne se montrait que rarement, même à ses plus fidèles serviteurs. On savait qu'il existait, et c'était tout. Ce forban, l'égal des princes les plus puissants de l'Annam, savait que sa puissance, basée sur la superstition et les fables merveilleuses écloses dans l'imagination du peuple, s'écroulerait le jour où il apparaîtrait semblable au commun des mortels. A toute idole il faut un piédestal ! Déguisé tantôt en marchand, tantôt en mandarin, en matelot, en soldat, il parcourait les villes, les bourgades, écoutant tout, observant tout, tirant parti de tout ; ou bien, retiré au fond d'une de ses retraites mystérieuses, il préparait longuement, savamment ses plans diaboliques.....

Puis, tout à coup, il apparaissait au milieu des siens, alors qu'il fallait relever le moral des faibles, punir les traîtres et les coupables. Son œuvre faite, rapide comme la foudre et non moins terrible qu'elle, il s'évanouissait de nouveau; mais des meurtres, des incendies, des ruines marquaient alors son passage sanglant!

Bien peu de ses plus fidèles sectaires avaient vu son visage.

— Cet homme n'est pas le maître... répéta Fang-Tiouc avec une fureur concentrée. Frères! emparez-vous de cet imposteur... Je l'ai vu déjà, je le connais!... le Dragon-Rouge était son ami; il l'a assassiné pour lui voler son anneau...

— Tu oublies que le maître ne peut mourir! firent Tsou-Ming et Ly-Oua inébranlables dans leur conviction.

Le forban pâlit; la superstition, dont à l'exemple de son maître il s'était fait une arme si puissante, se tournait contre lui...

— Fang-Tiouc, dit alors l'inconnu d'une voix douce mais ferme cependant, je n'aurais qu'un mot à dire pour te faire tomber à genoux, un geste à faire pour que la terre t'engloutisse... Q'importe qui je suis si je possède le signe qui confère le rang suprême? N'avez-vous pas juré d'obéir aveuglément à celui qui se présenterait à vous porteur de l'anneau redoutable ?... n'avez-vous pas juré d'être la poussière de ses pieds ?... Fang-Tiouc, si le Dragon-Rouge m'a envoyé, c'est que rien ne lui échappait, c'est qu'il savait que, lui absent, tu recommencerais tes menées ténébreuses, c'est qu'il redoutait ton ambition insensée... Et il ne se trompait pas, car, à cette heure, tu marchandais sa place, tu essayais de lui succéder sans savoir s'il était mort ou vivant!...

Une bruyante acclamation suivit ces véhémentes paroles.

— Longue vie à notre père le Dragon-Rouge!...

L'inconnu s'avança alors, et, fixant Fang-Tiouc, le magnétisant pour ainsi dire de son regard, le força de reculer jusqu'à l'autre bout de la salle.

Hagard, secoué par une angoisse terrible, le malheureux haletait.

— Tu m'as reconnu, Fang-Tiouc, reprit l'inconnu à voix basse cette fois; mais, sur ta vie, ne prononce pas mon nom, n'essaye pas d'entraver mes projets, ou je te fais jeter à la rivière.

— Je te démasquerai, Français maudit! je crierai ton nom, Paul Lavergne! hurla Fang-Tiouc avec une explosion terrible. A moi, frères!...

— Emparez-vous de ce traître! ordonna l'inconnu froidement.

Un sourire sarcastique plissa les lèvres du forban. Il se sentait fort. Mais ce sourire se changea bientôt en un rugissement de rage : sans respect pour sa personne, les chefs se jetèrent sur lui, et, en un clin-d'œil, l'eurent solidement garrotté et bâillonné.

Son ami Long-Siéou n'avait pas bougé....

— Maintenant, amis, séparons-nous, reprit l'inconnu. Vous recevrez mes ordres avant peu. Adieu, soyez fidèles, car vous voyez que si je sais récompenser, je sais aussi punir.

2

— Où veut aller le maître? interrogea respectueusement Tson-Ming. Un *filet* l'attend à la porte.

— N'avons-nous pas une retraite dans les environs?

— Si, un *Yamen* à une dizaine de li d'ici.

— Partons alors; mais surtout ne perdez pas de vue le prisonnier : il y a tout à craindre de cet homme.

Tson-Ming s'inclina profondément; puis prenant un des flambeaux de l'autel, il précéda le Dragon-Rouge, puisque tel était le nom que l'on donnait à notre inconnu

— Eh bien! que penses-tu de tout ceci?.. fit-il en frappant sur l'épaule de son compagnon qui, ne sachant s'il veillait ou s'il dormait, était resté simple spectateur de cette scène.

— Je dis que cela me fait l'effet d'un conte des *Mille et une Nuits !* Que cela me rappelle le *Dormeur éveillé!...* S'endormir simple soldat d'infanterie de marine et se réveiller plus que souverain, dieu en quelque sorte, quel rêve éblouissant !... Mais que comptes-tu faire?

— Grâce à Dieu j'ai réussi, Blanchet, et je ne tenterai pas la Providence plus longtemps. Fang-Tiouc est en mon pouvoir; par lui je saurai ce qu'est devenu Mâ, je l'arracherai aux griffes des bandits, je la rendrai à sa famille et après... ma foi, tant pis pour les forbans! le rôle de divinité n'est pas à ma taille...

— Brave Paul ! fit Blanchet en serrant la main de son ami.

Ils sortirent de la pagode précédés et suivis de la foule, des chefs et des soldats qui leur faisaient comme un cortége triomphal. A l'est cependant une légère bande

empourprée faisait pâlir les ténèbres; le jour allait
paraître.

Déjà tout s'animait, s'agitait dans la nature; les eaux
de la petite rivière roulaient avec plus de bruit entre leurs
rives fleuries; les branches, les taillis étaient pleins de
murmures étouffés, de cris charmants; l'oiseau battait
des ailes et essayait sa voix par des préludes harmonieux... Puis, tout à coup, le ciel entier s'éclaira de
lueurs magiques : arbres, rochers, pagodes, champs de
maïs, plantations de mûriers, tout surgit brusquement
de l'ombre, tout apparut baigné dans une brume lumi-
neuse.....

Le jour était fait...

Les *filets*, espèces de litières accrochées à de longs
bambous que des *coolies* portaient sur leurs épaules, attendaient à la porte du petit temple. Fang-Tiouc fut jeté dans
l'un d'eux, Paul et Blanchet montèrent dans les autres, et
le cortége s'ébranla dans la direction du nord.

Bientôt apparurent de pauvres huttes en clayonnage
de bambous platrés d'argile; car les briques sont réservées
aux maisons des grands, aux mille petits temples épars de
tous côtés et dont les toits de tuiles rouges en forme de
bateaux renversés tranchent si heureusement sur le vert
intense du feuillage! Les paysans tonquinois se rendaient
déjà au travail, la houe sur l'épaule, chassant devant eux
leurs attelages de buffles à la crinière rude, aux yeux
sauvages. Tous, hommes comme femmes, étaient unifor-
mément vêtus de blouses de grosse cotonnade, de larges
pantalons tombant jusqu'à la cheville, et coiffés de cha-

peaux en fibres de bambou. Les tuniques des femmes étaient cependant plus longues ; mais on les reconnaissait plus facilement aux colliers, aux bracelets qui leur pendaient sur la poitrine, s'enroulaient autour de leurs poignets.

Tout ce monde marchait pieds nus.

Les enfants, grâce sans doute à l'heureux privilége de leur âge, allaient vêtus de leur seule innocence...

Rien n'est attristant comme l'aspect d'un village tonquinois!... Tandis qu'à quelques pas de là, la nature, toujours jeune, toujours vivace, étale ses merveilleux trésors, il apparaît solitaire, désolé, croupissant le plus souvent au bord d'une mare fétide. L'unique rue qui le compose, fangeuse, pleine d'ordures, est abandonnée aux poules, aux canards, aux porcs, aux buffles à demi-sauvages, au milieu desquels se roulent des nuées de bambins. De distance en distance se dressent des *paillottes* basses, écrasées, suintant la misère et la vermine, et c'est tout.....

C'est en vain que le soleil, ce merveilleux enchanteur brille dans un ciel pur ! c'est en vain qu'il prodigue à flots ses rayons chaudement colorés ! Dans cet embrasement de lumière, dans cette orgie de teintes, de tons si divers, la triste bourgade apparaît plus sinistre, plus délabrée.....

La fertilité est grande pourtant sur les rives du Song-Koï et du Thaï-Binh, et les nombreuses mines d'argent, d'étain, de zinc, de charbon de terre, qui se montrent à fleur de sol, assureraient partout ailleurs qu'au Tonquin une existence aisée à leurs heureux possesseurs.

Partout la végétation atteint des proportions inouïes : Voici des rizières, des plantations de thés, de mûriers, de cannes à sucre, des champs de maïs qui s'étendent à perte de vue et ondulent sous la brise comme les flots d'une mer véritable ; l'indigotier si précieux pour l'industrie, le cannellier, le muscadier, le poivrier poussent à peu près partout ; ailleurs, orangers, citronniers, poiriers, pruniers, pêchers couvrent de vastes espaces ; presque tous les légumes d'Europe viennent dans ce sol privilégié ; et, si les environs de la mer, les plaines et les vallées du sud regorgent d'essences équatoriales, les montagnes, les collines du nord sont couvertes de bois propres au chauffage, à la charpenterie.

Les fauves, quoique redoutables, sont peu à craindre, en égard à leur petit nombre.

Quels profits ! quelles richesses insensées une bonne administration tirerait de ce pays de plus de quinze millions d'âmes !...

Mais revenons à nos personnages.

Sur le passage des litières les paysans se prosternaient en tremblant. Ce cortége, qui les éblouissait, accompagnait peut-être quelque puissant mandarin envoyé d'Hué ou de Ha-Noï en tournée administrative ? Alors gare les coups de *cadouille !* gare l'amende et la prison !...

Après deux heures de marche, dans une contrée fertile et admirablement boisée, le cortége s'arrêta devant le Yamen des pirates.

Un *Yamen*, au Tonquin de même qu'en Chine, est ordinairement la demeure des grands personnages; dans les villes, c'est au *Yamen* que résident les vice-rois, les préfets, les autorités en un mot; à la campagne sa destination change, ce n'est plus qu'une maison de plaisance.

Le Yamen — toujours construit au milieu d'un immense jardin où sont apportés à grands frais les plus beaux échantillons de la flore tropicale, où serpentent des rivières artificielles, où dorment des lacs, où sont entassées des masses granitiques creusées de grottes fraîches et profondes — couvre de ses bâtiments une grande étendue de terrain. D'abord vient la demeure principale, la maison du maître. L'architecte, pour la construire, tout en respectant certaines lois immuables, s'est livré à une folle débauche d'ornements tous plus bizarres les uns que les autres. Ce n'est que colonnades en marbre parfois, en bois odorant le plus souvent, péristyles, frontons, balcons, vérandahs, clochetons, toitures à triple et quadruple étage que surmontent encore mille clochettes, mille girouettes de cuivre brillant, tournant et résonnant à la brise.....

Ailleurs sont les dépendances — écuries, magasins, logements des serviteurs — moins luxueuses, mais pleines encore d'imprévu et de fantaisie.

Sur les petites rivières, traversées par des ponts en dos d'âne, au bord des lacs minuscules, au sommet des mamelons pompeusement décorés du nom de montagnes, se trouvent encore mille petits temples et pavillons.

C'était devant une de ces demeures que s'était arrêté le cortége.

Ly-Oua et Tson-Ming avaient pris les devants pour assurer au *maître* une réception digne de lui. Sur leur ordre, les domestiques, les soldats — tout mandarin en entretient dans sa maison un nombre proportionné à son rang — formaient une double haie sur son passage; les fusils partaient, les gongs retentissaient, les clarinettes sonnaient; mille cris retentissaient dans les airs : bref, c'était une entrée triomphale!

— Rien que ça! disait Blanchet mollement bercé dans son hamac. Ah! ça, pour qui nous prennent-ils donc ces nègres jaunes?

Et voyant qu'on s'arrêtait.

— Allons, reprit-il, nous voilà rendus... ce n'est pas malheureux! Après une nuit pareille, un peu de repos est bien nécessaire... si on se repose toutefois...

Il mit pied à terre; son compagnon aussi venait de descendre de son filet. Graves comme il convient à de grands personnages, ils traversèrent la double haie des gardes et des domestiques; puis, gravissant les marches du perron monumental, ils pénétrèrent dans une salle immense et meublée avec un luxe tout oriental de divans aux étoffes chatoyantes, de buffets, d'étagères, de tables en bois laqué et doré.

Des lanternes aux glands, aux houppes de soie bariolée pendaient comme des lustres de la voûte hardie; des portières d'étoffes précieuses cachaient toutes les issues; ailleurs des paravents, des coussins étaient jetés à pro-

fusion; les murailles, enfin, lambrissées à hauteur d'homme
étaient chargées d'arabesques, de peintures gracieuses et
fantastiques où l'or, l'argent alternaient avec les plus vives
couleurs.

On se serait cru dans un palais féerique.

— On est bien ici! déclara franchement Blanchet. Qu'en
dis-tu, Paul?

— Je dis qu'il faut d'abord nous occuper de trouver
un logement à notre prisonnier. Nous l'interrogerons ce
soir.

— C'est cela! Et maintenant ne songeons qu'à manger,
à boire, et à dormir.

XV. — Où l'on voit que le proverbe « qui se ressemble s'assemble » n'a rien perdu de son actualité.

Laissons nos deux amis oublier, étendus sur de moelleux divans, la longue pipe aux lèvres, les fatigues de la
nuit précédente, et reprenons notre récit quelques heures
plus tard.

Pour obéir aux ordres de leur nouveau chef. Ly-Oua et
Tson-Ming s'étaient occupé de trouver un gîte au désabusé
Fang-Tiouc. La chose n'avait pas été difficile, le Yamen

étant bâti sur de profonds caveaux, délaissés aujourd'hui, mais qui, jadis, avaient étouffé bien des pleurs bien des grincements de dents...

Les Chinois, Annamites, Tonquinois ne se piquent pas d'une philanthropie bien éclairée, quoi qu'ils se disent, sans rire, les peuples les plus civilisés (?) de la terre. Pour eux, les prisonniers ne sont que des bêtes destinées tôt ou tard à l'abattoir. C'est ce qui fait sans doute qu'ils les renferment souvent dans de grandes cages exposées aux abords des *Yamen*, laissant à la charité publique le soin de les nourrir...

Leurs cachots ne sont pas mieux entendus. Celui dont nous parlons se composait tout simplement de quatre murailles percées d'un côté d'une porte — une solide pièce en bois de schen bardée et boulonnée de fer — de l'autre, d'une étroite ouverture ménagée à la naissance de la voûte, sans grille, mais trop haute pour qu'un homme pût espérer de l'atteindre.

Pas même la litière de paille et la cruche traditionnelles! mais en revanche un fort joli assortiment de chaînes, d'anneaux scellés dans la muraille, de carcans de toutes tailles, de pinces, de tenailles, de chaudières pour faire chauffer l'huile ou fondre le plomb, de chevalets aigus sur lesquels le patient est placé à cheval, des poids aux pieds, bref, tout l'attirail de cette torture savante et raffinée, si en honneur dans l'extrême Orient.

Si nous nous appesantissons sur ces détails peu attrayants, c'est que, selon nous, ils peignent admirablement ces peuples qui nous traitent de *barbares*, qui vantent sans cesse leur extrême civilisation.

Triste civilisation !...

Rugissant sous son bâillon, secouant ses liens à les rompre, Fang-Tiouc avait été jeté dans ce trou immonde. Le misérable se tordait sur le sol fangeux ; ses yeux démesurément ouverts roulaient dans leurs orbites avec une expression de haine féroce ; il avait peur du silence, peur de l'isolement affreux qui pesait sur lui.

Peu à peu cependant il se calma.

— Oh ! pensait-il, ma vie pour une heure de liberté ! Il est donc revenu, lui que je croyais à jamais enseveli au fond des mers ?... il veut se venger !... Prisonnier, moi !... Les lâches ! ils m'ont tous abandonné, tous, jusqu'à Long-Siéou que je croyais mon ami... Et Touang... qu'est-il devenu ?... Mort sans doute... Oh ! la liberté ! la liberté !

Il essaya encore de ronger son bâillon, de rompre ses liens...

Mais en vain !...

— Je ne crois pas à ces fables, moi, continua-t-il ; Touang-yé-ou est mort, mort comme je vais mourir dans quelques heures peut-être !... Mais cet anneau, qui le lui à donné ? qui lui explique sa puissance infernale ? Il y a là un mystère terrible, un mystère que je pénétrerais si Bouddha me laissait vivre... Je triomphais et je succombe !... Une si belle partie !...

La journée s'écoula, lugubre, pleine de fantômes et d'appréhensions pour cet homme qui s'attendait à mourir. Cependant les heures suivaient leur cours immuable, et le temps, qui s'écoulait si lentement pour lui, fuyait avec sa rapidité accoutumée. Les rayons de lumière qui filtraient ternes et blafards par l'étroit soupirail s'éteignirent enfin : c'était la nuit...

Soudain la lourde porte tourna avec bruit sur ses gonds rouillés, une lueur rougeâtre éclaira le cachot jusque dans ses angles les plus reculés, et un homme entra...

Fang-Tiouc ferma les yeux : il crut que l'heure de la justice était sonnée.

Mais le nouveau venu, après avoir soigneusement refermé la porte, posa sa lanterne sur un des chevalets sinistres, et s'approchant du prisonnier toujours étendu sur le sol, se mit en devoir de lui arracher son bâillon, de dénouer ses liens.

Fang-Tiouc ouvrit alors les yeux.

— Long-Siéou ! toi ! fit-il en respirant bruyamment.

Long-Siéou — car c'était lui — posa un doigt sur ses lèvres.

— Silence! dit-il à voix basse. Je viens pour te délivrer ; mais pas d'imprudence ou nous serions tous deux perdus...

Tout en parlant, il achevait de délier le forban.

— Toi ! répétait celui-ci avec une effusion sincère, toi !... Et j'osais t'accuser !... Oh ! pardonne-moi, tout mon sang, ma vie ne serait pas de trop pour expier un tel soupçon !... Mais je suis libre... Viens...

— Non, répondit Long-Siéou ; la nuit est à peine au tiers de sa course, la lune brille encore, et les gardes veillent.

— Mais plus tard ?...

— Plus tard la lune sera couchée et les gardes qui m'ont laissé passer me croyant envoyé par le *maître*, ne seront plus à craindre.

— Explique-toi...

— Je leur ai apporté de l'eau-de-vie de riz mélangée d'opium... En ce moment ils boivent, ils chantent ; dans une heure ils rouleront ivres ou... morts !...

Le forban, vaincu, s'agenouilla devant le vieillard.

— Mon père ! mon sauveur ! dit-il en lui baisant, les pieds, je suis ton chien, ton esclave !... Commande, et sur un signe de toi je me ferai tuer...

Long-Siéou le releva, et le faisant asseoir à ses côtés sur une énorme pierre, il reprit :

— Merci, mon fils aimé, merci de ton dévouement. Mais je n'en abuserai pas ; il faut que tu vives, entends-tu, que tu vives pour préparer la vengeance, pour l'exécuter quand l'heure sera venue. Comme toi, je le hais cet homme, cet inconnu tombé on ne sait d'où... Sa venue n'est-elle pas une catastrophe ?... Nos plans si longuement, si laborieusement élaborés, détruits, renversés par lui ! nos plus fidèles amis séduits, fascinés par sa langue de serpent ! Non, ce n'est pas en vain que nous avons rêvé la succession du Dragon-Rouge, ce n'est pas en vain que nous avons tout préparé pour arriver au but... Ce but, nous le touchions !... Oh ! que Bouddha le maudisse !... Il mourra...

— Oui, il mourra ! gronda Fang-Tiouc avec exaltation. Et ce sera cette main, continua-t-il en étendant le bras,

qui le frappera! Si fort que soit ce colosse, je le renver-
serai, si élevée que soit cette idole, je la jetterai à bas de
son piédestal... Oh! qu'il ne triomphe pas si vite, car j'ai
deviné le but qu'il poursuit, car je le connais, ce Français
maudit...

— Que dis-tu?...

— Cet homme n'est pas un Annamite, cet homme s'appelle Paul Lavergne.

— Ce Français que Touang embarqua sur sa jonque!

— Et que je fis jeter à la mer quelques heures avant le
combat que nous livrâmes à l'aviso français, oui mon
père. Mais ce que tu ne sais peut-être pas, c'est que nous
fûmes capturés, conduits à Hué, puis relâchés après une
courte captivité. Seul Touang-yé-ou resta et depuis n'a
plus reparu. Est-il mort? c'est le plus probable... Mais
comment l'*autre* a-t-il pu se sauver? Comment l'anneau
du commandement, ce talisman devant lequel s'inclinent
tous les nôtres, est-il en son pouvoir? C'est ce que je ne
sais pas, c'est ce qu'il faudrait savoir...

Long-Siéou hocha la tête d'un air qui signifiait claire-
ment que pour lui l'énigme était indéchiffrable.

— Quant au but qu'il poursuit, continua Fang-Tiouc,
il est bien facile de le deviner. Touang, tu ne l'ignore pas,
et c'est peut-être ce qui l'a perdu, aimait à déjouer à
force de ruse la vigilance inquiète de nos oppresseurs;
tantôt sous un déguisement, tantôt sous un autre, il résidait au milieu d'eux, parcourait les territoires qu'ils nous
ont volés, surprenait leurs desseins les plus secrets
Saïgon était le lieu qu'il préférait, parce que là vivait celle

à qui il avait voué toute sa vie, celle qu'il aimait plus
peut-être que sa patrie opprimée...

— Mâ, sa fille, interrompit Long-Siéou.

Fang-Tiouc haussa dédaigneusement les épaules.

— Mâ n'est pas la fille de Touang, dit-il. Mâ a du sang
européen dans les veines. C'est une autre histoire à te
raconter. Il y a bien longtemps de cela, seize ou dix-sept
ans peut-être, notre jonque armée en guerre croisait dans
le golfe de Siam quand, tout à coup, la vigie signala un
navire français. Comme l'oiseau des tempêtes nous fon-
dîmes sur lui, mais trop tard, l'équipage avait fui et
il ne restait plus à bord qu'une fillette de deux ans à
peine.

Il fit une pause. Long-Siéou attendait anxieux.

— Je voulus la jeter en pâture aux requins. Pour la
première fois de sa vie peut-être, Touang sentit son cœur
s'amollir : le tigre se faisait homme ! Il jura que le premier qui toucherait à cette enfant sentirait le poids de son
bras, et, l'enveloppant dans un pan de sa robe, il l'emmena
avec lui.

— Après ?...

— Tu ne comprends pas? Mâ fut élevée à Saïgon et
grandit comme la fille de Touang. Comment Paul la vit-il?
comment en tomba-t-il éperdûment épris? Je ne saurais
t'expliquer cela autrement que par cette attraction puissante qui fait que les créatures d'une même race se reconnaissent partout et toujours. Quoi qu'il en soit, Touang
voyait cette passion naissante d'un œil calme; mieux
encore, il avait promis au Français maudit la main de sa

fille adoptive. Mais les événements marchaient, Paul, pour une faute contre la discipline, avait été obligé de quitter Saïgon, de s'embarquer sur la jonque de Touang. Tu connais le résultat de cette triste campagne qui se termina par la mort ou l'incarcération au fond de quelque cachot mystérieux de notre maître redouté...

— Ensuite?

— Le Français put s'échapper, sans doute, car il revint à Saïgon. Mais celle qu'il cherchait n'y était plus; Touang au moment de son départ avait donné des ordres pour qu'on la conduisît, elle et la vieille femme qui la servait, chez un de ses amis du Tonquin. Ici nous ne pouvons nous guider que sur des probabilités, assez claires néanmoins pour ne pas craindre de nous tromper. Paul connaît la retraite de Mâ; muni de l'anneau du commandement, il est arrivé ici pour la chercher et s'enfuir avec elle.

— Et toi, tu connais la retraite de cette jeune fille? interrogea Long-Siéou.

— Je la connais. Elle est à quelques lî d'ici, à Ha-Noï, chez un Chinois à qui Touang jadis a rendu de grands services.

—Alors, s'écria le vieux mandarin triomphant, tout est sauvé! Il faut lui rendre celle qu'il cherche, lui faire entendre que sa vie court de grands dangers ici, et il partira, et nous en serons débarrassés à jamais..

— Tu oublies que cet homme a nos secrets, et que, d'après nos statuts, quiconque aura percé ou tenté de percer le mystère qui nous environne doit mourir !

— Que faire alors?...

— Partir sur-le-champ pour Ha-Noï, reprendre la jeune fille et la conduire soit à Lao-Kaï chez les *Pavillons noirs*, soit à Ho-Yang, où résident les *Pavillons jaunes* qui, quand ils sauront qui nous sommes, nous seront dévoués jusqu'à la mort. Après, nous pourrons agir.

— Pourquoi nous embarrasser de cette enfant?

— N'as-tu pas compris qu'entre nos mains elle peut devenir un otage précieux ?

— Mais si à un moment donné elle nous gêne ?

Fang-Tiouc éclata d'un rire strident, convulsif.

— Alors nous aurons le choix entre le fer et le poison pour la faire disparaître. Mais les heures se passent, et, d'un moment à l'autre, on peut venir.

— Tu as raison, partons. Des chevaux gardés par un de mes *coolies* attendent sur la route. J'ai des armes. Viens.

Se déchaussant pour faire moins de bruit, ils poussèrent la porte et s'engagèrent dans un long corridor qu'éclairaient plusieurs lanternes accrochées aux parois. Au fond apparaissaient les premiers degrés d'un escalier de pierres.

Long-Siéou désigna du doigt des ombres bizarres sous les lueurs incertaines des lanternes, étendues, accroupies sur les marches de cet escalier.

— Morts! fit Fang-Tiouc.

— Ivres seulement, répondit le vieux mandarin.

Et ils passèrent.

Bientôt il virent le ciel sombre, mais tout constellé

d'étoiles, comme un manteau de paillettes, ils sentirent l'air frais de la nuit leur baigner le visage...

Ils étaient libres!

. . . .
. . . .

A la même heure, après un souper copieux, servi par de jeunes congaïs (1), où tous les mets chinois, depuis les ailerons de requins frits dans la graisse jusqu'aux traditionnels nids d'hirondelles, avaient successivement défilé. Blanchet, commodément allongé sur un divan, ronflait les poings fermés, tout en rêvant que l'empereur Tu-Duc lui cédait sa couronne.

Il fut tiré de ce songe enchanteur par une vigoureuse poussée qui le mit presque sur son séant. Se frottant les yeux, il regarda et vit son mystérieux compagnon, Paul Lavergne, debout devant lui.

— Le beau rêve! fit-il en français. Pourquoi m'avoir éveillé ?

— Chut, imprudent! répondit Paul. Allons, debout ; Tson-Ming et Pé-Tsung attendent derrière la tapisserie.

— Quel est le but de cette expédition nocturne?

— Interroger le prisonnier, savoir ce qu'est devenu Mâ, la fille adoptive du Dragon-Rouge... Viens.

(1) Jeunes filles.

V. — Ce que Fang-Tiouc et Long-Siéou allaient faire à Ha-Noï.

Long-Siéou n'avait pas menti à Fang-Tiéou.

A peine hors du parc dont les ombrages épais protégeaient leur fuite, les fugitifs virent sur la route trois chevaux que tenait en main un domestique tonquinois.

— A Ha-Noï maintenant! cria le vieux mandarin; et tâchons de prévenir ce démon...

— Que Bouddha nous protége et nous réussirons, répondit Fang-Tiouc.

Les chevaux tonquinois sont de bonne race quoique sans apparence. Ceux de nos fugitifs, se sentant la bride sur le cou et stimulés en outre par les cris du *coolie*, prirent incontinent le galop et disparurent dans les ténèbres.

Mais cette fuite rapide avait eu un témoin. Nous voulons parler de ce batelier indigène, que Paul Lavergne et Blanchet avaient laissé à la garde de leur *sampang* la nuit précédente, et que la multiplicité des événements, se succédant avec tant de rapidité, leur avait fait oublier. Timide comme tous ses compatriotes, cet homme s'était contenté de suivre de loin le cortége triomphal, et, voyant qu'on ne s'occupait pas de lui, s'était couché dans la poussière, le long du mur extérieur du *Yamen*.

Là, il attendait avec cette résignation fataliste des races asiatiques, tout en mâchant sa chique de bétel et de noix d'areck, qu'on daignât s'occuper de lui, quand le départ furtif de Fang-Tiouc et de Long-Siéou piqua sa curiosité.

Il avait entendu leurs paroles.

— A Ha-Noï! se dit-il. Que vont-ils faire dans cette ville? Peut-être est-ce une nouvelle machination contre mon maître? Mais je saurai... Je serai à Ha-Noï avant eux....

Il passa la main dans la ceinture qui soutenait ses larges caleçons de cotonnade et sentit avec satisfaction que son poignard s'y trouvait en compagnie de quelques ligatures de *sapèkes*.

— Avec cela j'irai jusqu'aux confins de la Chine! pensa-t-il.

Précédons nos voyageurs.

Ha-Noï, la capitale du Tonquin, commande presque l'entrée de ce mystérieux fleuve Rouge que les traités de 1874 nous ont officiellement ouvert, mais qui, en réalité — grâce aux agissements de la cour d'Hué — nous est encore systématiquement fermé.

C'est une forteresse aux remparts épais et plantés d'arbres touffus, que protégent encore des douves larges et toujours remplies d'eau, plutôt qu'une ville. On y pénètre par cinq portes crénelées et surmontées de toits multiples en tuiles vernies suivant la mode chinoise. Là, derrière ces remparts, sur une étendue de quatre mille mètres, se trouvent le palais du vice-roi, des temples, des pagodes, des casernes, des Yamen, des prisons, des places ombreuses, de larges avenues. Mais tout cela paraît morne et solitaire ; des soldats au costume bariolé des plus vives couleurs, portant le bouclier ovale, la longue lance ornée d'une houppe flottante, gardent les portes et ne laissent aucun étranger pénétrer dans la citadelle ; sur les remparts, des canons, de longs fusils de siége délabrés par la pluie, rongés par la mousse et l'humidité se dressent, menaçants encore, mais peu terribles, sur leurs affûts branlants.

Mais entre le fleuve, large et puissant comme un bras de mer et la citadelle sinistre et grise, s'étend la véritable ville, la ville marchande avec ses ruelles bordées de boutiques, de maisons bourgeoises, ses grandes places ensoleillées, ses pagodes à l'architecture impossible, aux grands toits miroitant et flamboyant sous le carmin et l'outre-mer qui les décorent, sous les fouillis de girouettes en cuivre, en zinc étincelant, les pavillons multicolores qui les surmontent...

La cité populaire...

Les rues, larges et droites, tortueuses et enchevêtrées, descendent jusqu'au fleuve bordé de quais, d'estacades, où s'embossent les jonques tonquinoises, annamites, chinoises, les rares navires européens venus pour commercer sur la foi des traités. Des barques innombrables, pirogues, *sampangs*, lourds radeaux surmontés de huttes où vivent parfois des familles entières, montent, descendent le courant ou restent stationnaires au milieu du fleuve.

Plus loin, le long des berges protégées par une puissante végétation, au milieu des rizières fétides, sont des villages composés de *paillottes* aux toits de chaume dorés par le soleil ou couverts d'herbes, de plantes grimpantes que la brise agite doucement.

Presqu'en face de la ville apparaît, masquée par les arbrisseaux et les bambous, l'embouchure du Song-Chi, large canal qui relie Ha-Noï à Lou-to-Kiang.

Deux jours après les faits rapportés plus haut, vers une heure de l'après-midi, deux cavaliers faisaient leur entrée dans la ville marchande. Ils avaient passé le fleuve un peu au-dessus de Ha-Noï sur un bac rudimentaire manœuvré par des bateliers vêtus de leur seule pudeur, et cependant dégoûtants de vermine; détail réaliste trop facile à observer sous cette latitude...

C'étaient Fang-Tiouc et le vieux mandarin Long-Siéou.

On se souvient de la conversation qu'avaient eue les forbans dans le cachot du *Yamen;* on devine dans quel but ils se rendaient à Ha-Noï.

Derrière eux, une main appuyée sur un solide rotin, l'autre passée dans sa ceinture et étreignant convulsivement le manche d'un long poignard, marchait un individu réalisant le type si connu du *coolie.*

Il allait pieds nus, vêtu seulement d'un large caleçon de cotonnade, d'une chemise de même étoffe et coiffé d'un chapeau conique.

Les deux cavaliers, ne soupçonnant pas qu'ils étaient suivis, avaient ralenti le pas de leurs chevaux. C'est qu'à cette heure les rues, les ruelles de la ville marchande étaient en pleine ébullition. Dans les petites boutiques sombres, sous un rayon indiscret brillaient les étoffes de soie merveilleusement brochée, les armes du Japon, les porcelaines de la Chine, de l'Annam, les étonnantes productions du Tonquin : émaux, laques, éventails, statuettes d'or, d'argent, de bronze, etc... Sur le pavé ruisselant de lumière, les paysans étalaient les produits de leurs champs, de leurs jardins, sur lesquels les gouttes d'eau qui les rafraîchissaient sans cesse brillaient comme des perles liquides ; des poissons, à peine sortis de l'onde, frétillaient encore sur de larges feuilles de palmier, en compagnie de noix de coco, d'oiseaux parés des plus vives couleurs.

Et la foule était grande ! Des soldats, des oisifs, des bourgeois, des mandarins, à pied, en litière, environnés d'un cortège imposant, passaient et repassaient sans cesse, posant, se dandinant comme des acteurs sur la scène d'un théâtre.

Mais peu de représentants du sexe faible dans cette affluence masculine, à moins que ce ne fussent les femmes du peuple, les *congaïs* pesamment chargées. Les Tonquinois de la haute classe, comme leurs voisins les Chinois, confinent leurs femmes et leurs filles derrière les murs épais de leurs somptueux *Yamen*.

La vie intime, dans ces régions, se dérobe prudemment à la curiosité des profanes.

Au delà, dans un brouillard doré qui, comme un écran, tamisait les objets en leur laissant tout leur éclat, se dressaient les bastions avancés, les portes crénelées, les sommets des hauts édifices de la citadelle.

Mais rejoignons nos aventuriers.

— Chez qui frappons-nous? demanda Long-Siéou profitant, pour s'arrêter, du passage d'un prisonnier qui, le carcan au cou, environné de gardes et de mandarins, allait se faire administrer la cadouille sur la grande place du marché.

— Chez Chong-Fo, répondit Fang-Tiouc.

— Le négociant cantonnais?

— Lui-même. Jadis, pendant l'occupation française, Touang-yé-ou a eu l'occasion de lui rendre un grand service, et le Chinois s'en est toujours montré reconnaissant.

— Un grand service.

— Un service capital, on peut le dire, car il y allait tout simplement de sa vie. Tu sais l'appui que les négociants cantonnais ont prêté à ce forban de Dupuis et, ensuite, au commandant Garnier en raison des lettres de protection qui leur avait été accordées par le vice-roi de Canton. Mais après la mort de Garnier, qui le délivra à jamais de ses embarras, le vice-roi de Ha-Noï s'est cruellement vengé. Les principaux marchands chinois furent arrêtés, torturés et finalement condamnés à périr. C'est alors qu'intervint Touang. A cette époque il n'était pas encore circonvenu par ce maudit français et mettait tous ses soins à se créer des partisans, des esclaves qui fussent comme des cada-

vres entre ses mains. Chong-Fo, par sa fortune, ses relations, le rang qu'il occupait parmi les siens, lui parut
mériter la préférence et, à force de dons, de menaces, il
arracha sa grâce au farouche souverain de Ha-Noï...

— Et c'est à cet homme qu'il a confié sa fille adoptive?

— Oui; le lendemain de notre départ de Saïgon sur la
jonque de guerre le *Dragon-Rouge,* un de ses navires est
venu prendre la jeune fille et sa vieille servante pour les
conduire à Ha-Noï.

Comment sais-tu cela ?

— Touang-yé-ou n'avait pas de secrets pour moi.

En devisant de la sorte, pendant que le rassemblement
escortant le condamné au lieu du supplice se dissipait, les
deux hommes arrivèrent au quartier chinois. Mais là,
Fang-Tiouc pâlit et, poussant un rugissement de rage :

— Par Bouddha ! fit-il, nous arrivons trop tard...

— Que dis-tu?

— Regarde...

En effet, à la porte de la maison qu'indiquait Fang-
Tiouc, un rassemblement était formé. Des femmes entièrement vêtues de blanc, des hommes drapés dans de
grandes robes jaunes — qui est la couleur impériale et
que les particuliers, sauf les bonzes, ne peuvent porter
que les jours de noces et d'enterrement — attendaient
pêle-mêle avec des musiciens, joueurs de flûtes, de gongs,
de clarinettes. D'autres individus, que, à la longue queue
soyeuse qui frétillait entre leurs épaules, contrairement à
la mode annamite, on reconnaissait facilement pour des
Chinois, entraient et sortaient sans cesse.

— Une cérémonie funèbre! fit Long-Siéou en tressaillant.

— Et fasse Bouddha que ce ne soit pas Chong-Fo que l'on enterre!... Entrons...

Ils jetèrent la bride de leurs chevaux à un coolie qui flânait dans la rue, attiré par ce spectacle funèbre, et, mettant pied à terre, pénétrèrent dans le vestibule de la maison.

Le son éclatant d'un gong agité par un domestique annonça leur arrivée dans la chambre mortuaire.

Là tout était désordre et confusion. Au milieu de la vaste chambre aux murailles laquées et couvertes d'inscriptions en lettres d'or, le cercueil découvert était dressé sur un catafalque somptueux et élevé de plusieurs marches au-dessus du sol. Autour, dans des brûle-parfums d'argent massif brûlaient des bâtonnets odorants qui répandaient dans l'air une fumée épaisse et blanchâtre. Sur l'autel des dieux lares dressé au fond de l'appartement, brûlaient encore des centaines de bougies parfumées. Les gongs et les clochettes retentissaient sans cesse, couvrant les voix des bonzes qui récitaient des prières, chantaient des hymnes pieuses sur un rhythme lent et cadencé.

Agenouillées, étendues plutôt sur le sol, les femmes, les filles de Chong-Fo se tordaient, la poitrine soulevée par des spasmes, des sanglots convulsifs, s'arrachaient les cheveux, se labouraient le visage avec leurs ongles aigus. Plus loin, impassible et comme frappé de la foudre, le fils aîné du défunt, drapé dans sa longue robe jaune, recevait les compliments de tous ceux qui entraient.

3

C'était un spectacle sinistre et bien fait pour frapper l'imagination. Le défunt recouvert de ses plus beaux habits, calme comme s'il dormait, reposait dans sa bière — une bière en bois de sandal, vernie au sumac, moelleusement capitonnée, que son fils lui avait offerte à l'occasion du premier jour de l'an. — Les lueurs tremblantes des torchères et des brûle-parfums éclairaient par moment de reflets fugitifs son visage mâle aux yeux clos, mais aux lèvres souriantes, faisaient jaillir de la pénombre les femmes, les enfants en pleurs, mettaient des rayonnements sur les fronts dorés des idoles, les ornements éclatants des murailles...

Et, comme un susurrement à peine perceptible, on entendait la voix des prêtres veillant et priant pour conjurer les mauvais esprits, les empêcher de s'approcher du cercueil et d'enlever l'âme du défunt.

Fang-Tiouc, sans se laisser intimider par cette mise en scène lugubre du dernier acte de la vie, s'approcha résolûment du cercueil et considéra longtemps le visage de celui qui y dormait.

Puis revenant vers son compagnon.

— Mes pressentiments ne m'avaient pas trompé, dit-il à voix basse, Chong-Fo n'est plus.

— Alors tout est désespéré ! murmura Long-Siéou. Alors il ne nous reste plus qu'à subir le joug de ce maudit !...

— Pas encore, son fils reste... fit le bandit avec un sourire énigmatique. Mais retirons-nous sans bruit; on va procéder à la levée du corps.

Ils gagnèrent la rue où l'affluence se faisait de plus en plus considérable. Parents, amis, pleureuses à gages, joueurs de cymbales, de flûtes, de tambourins, porteurs, bonzes subalternes se pressaient, se coudoyaient, bavardaient, mâchaient la chique de chaux et de bétel qui rend les lèvres et la salive aussi rouges que du sang.

Pour ces braves gens, assister à une noce ou à un enterrement est exactement la même chose.

Fang-Tiouc et Long-Siéou se mêlèrent à cette foule d'un air indifférent.

VI. — Où les forbans s'emportent et où Liéou-Fo se fait connaître.

Cependant, dans la maison, s'accomplissaient les dernières phases de la lugubre cérémonie. Aidé du fils du défunt, le chef des bonzes, un vieillard au crâne rasé et poli comme du vieil ivoire, à la barbe blanche, tranchant comme une toison d'argent sur l'or éclatant de sa longue robe jaune, scella le couvercle du cercueil; puis, après de copieuses libations de vin, d'eau-de-vie, pour rendre les esprits favorables, il appela les porteurs.

Ceux-ci soulevèrent les brancards du lourd catafalque

supportant le cercueil et gagnèrent la rue. Là, le cortége
se forma. Les bonzes, les musiciens, les porteurs de
lampes et de brûle-parfums prirent la tête et les côtés, la
famille se plaça derrière, abritée sous de grands parasols (1), et tout le monde s'ébranla et s'éloigna d'un pas
lent et cadencé par le rhythme des prières et des instruments, dans la direction du port.

Allait-on jeter le cadavre dans le fleuve?

Non, cela ne se fait que pour les pauvres diables incapables de pouvoir se payer un cercueil, meuble si utile,
paraît-il, qu'on se l'offre généralement de son vivant. Mais
le Chinois qui s'expatrie si facilement, qui court gaie-
ment au bout du monde, s'il le faut, pour gagner sa pauvre
vie, est dévoré pourtant d'un amour immense : l'amour
de la patrie. Peu lui importe de vivre misérable, méprisé,
loin des siens, s'il a l'espérance de reposer un jour dans
le sol où dorment ses ancêtres! La chose est si vraie
qu'en Amérique, à San-Francisco surtout où l'immigra-
tion chinoise se développe dans des proportions vraiment
colossales, des *agences* se sont fondées, qui n'ont d'autre
but que de repatrier les ossements des *célestials* morts
loin de leur pays.

Fang-Tiouc et Long-Siéou suivaient de loin le cortége.
Au courant des usages chinois, ils avaient deviné qu'une
jonque attendait le cadavre pour le transporter à Canton,

(1) On sait qu'au Tonquin comme en Annam, le parasol, plus ou moins
élevé, est l'emblème du pouvoir. Mais, par une attention touchante, ass z
rare pour être signalée, dans les jours de funér illes, le plus pauvre *coolie*
est autorisé à arborer ce symbole distinctif.

où la famille de Chong-Fo possédait une pagode funé-
raire. Leur seule crainte était que Licou, le fils aîné
du défunt, n'accompagnât jusqu'à sa dernière demeure la
dépouille mortelle de celui qui avait été son père. Mais
leurs appréhensions cessèrent bientôt : après une dernière bénédiction des bonzes, le cercueil fut embarqué
sur une jonque pavoisée de drapeaux de deuil, et Licou-
Fo et les siens revinrent à la maison mortuaire.

Là un repas splendide — le repas des funérailles —
était préparé pour tous ceux qui avaient suivi le convoi.

— Nous jouons de bonheur ! dit Fang-Tiouc avec un
sourire cynique. Cet idiot n'aurait eu qu'à suivre la dépouille mortelle du vieux Chong-Fo pour tout compromettre, sinon tout perdre.

— Mais comment manœuvrer en cette occurrence ?
demanda Long-Siéou qui ne partageait nullement la confiance superbe de son digne complice.

— Laisse-moi agir, répondit simplement Fang-Tiouc,
qui ne doutait de rien.

— Fais donc...

Ils revinrent vers la maison du défunt. Le portier en
voyant ces hommes fatigués, gris de poussière, à la
mine, il faut le dire, peu rassurante, voulut les arrêter.
Fang-Tiouc s'approcha alors d'un petit meuble laissé sous
le vestibule et chargé encore de papier de riz, de bambous taillés pour écrire ; puis, traçant quelques mots sur
un de ces feuillets, il le remit au portier en disant :

— Porte cela à ton maître.

Quelques secondes après le portier reparut la mine basse.

— Lieou-Fo attend les étrangers, dit-il. Suivez-moi.

Fang-Tiouc et Long-Siéou, sans répondre, suivirent le domestique qui les conduisit dans une petite chambre coquettement ornée de meubles en bois laqué, d'étagères, de consoles supportant une foule de potiches ventrues, de vases, d'ivoires, d'émaux cloisonnés, de terres cuites, et séparée par de grands paravents aux peintures sans perspectives.

Les deux hommes se regardèrent étonnés : la chambre était déserte.

Soudain le bruit métallique d'un gong retentit, une portière en soie brochée s'écarta et Lieou-Fo apparut.

Le jeune homme — il avait vingt-cinq ans à peine — paraissait grave et soucieux. Il portait encore sa longue robe de deuil. D'un geste, il salua les deux hommes qui s'inclinèrent devant lui et parut leur demander ce qu'ils voulaient.

Mais ni l'un ni l'autre n'osa commencer la conversation.

— Seigneurs, dit alors Lieou-Fo d'une voix pénétrée, vous vous êtes présentés chez moi en vous servant d'un nom révéré. Cela a suffi pour me faire quitter ma famille, mes amis en deuil... Qu'attendez-vous de moi ?

Fang-Tiouc sourit.

— Je ne m'étais pas trompé, dit-il ; le nom du Dragon-Rouge produit toujours le même effet sur vous.

— Oui, car cet homme a sauvé mon père de la mort. Hélas! pas pour bien longtemps.., mais qu'importe? Je me rappellerai toujours ce jour terrible : convaincu d'avoir prêté assistance aux Français, c'est-à-dire d'avoir obéi aux ordres du Fils du ciel, mon père allait subir la peine infamante de la décapitation quand un homme, le Dragon-Rouge, se présenta et obtint sa grâce... Dès ce jour mon père lui voua une reconnaissance éternelle. Vous qui venez en son nom, qui évoquez ce souvenir sacré, que voulez-vous de moi?...

— Le fils tiendra-t-il les promesses du père?

— Autant qu'il sera en son pouvoir ; autant que la religion et l'équité pourront s'allier avec votre demande.

— Lieou-Fo, interrompit Fang-Tiouc avec un sourire railleur, te souviens-tu de ce qui s'est passé il y a quelques six mois? te souviens-tu de cette jeune fille et de cette vieille femme que les gens du Dragon-Rouge conduisirent chez ton père?...

Lieou tressaillit; une vive rougeur empourpra son visage.

— Oui, dit-il, je m'en souviens... Cette jeune fille, elle s'appelle Mâ, est l'unique enfant du Dragon-Rouge. Prêt à partir pour une expédition dangereuse, il la confia à mon père en le conjurant de veiller sur elle, et mon père, se rappelant sa promesse, la mit avec ses femmes et ses filles, la traita comme si elle lui appartenait réellement.

— Bien, Lieou, je vois que tu as de la mémoire! Eh bien, cette jeune fille placée ici par ordre du Dragon-

Rouge, nous venons la chercher pour la reconduire à son père.

Le jeune homme, comme frappé au cœur, chancela et fut obligé de s'appuyer contre un meuble pour ne pas tomber. Mais se remettant aussitôt :

— Le Dragon-Rouge sera obéi ! murmura-t-il.

Fang-Tiouc et Long-Siéou respirèrent ; ils avaient craint une opposition, des explications, et voilà que Lieou-Fo se rendait dès les premières paroles, qu'il se soumettait sans discuter !

— Nous n'aurions pas eu si bon marché du père ! pensa Fang-Tiouc. Sa mort est un bonheur.

Lieou-Fo s'était dirigé vers la porte ; mais, brusquement, il revint vers les deux hommes en disant sans affectation :

— Ah ! j'oubliais ! vous possédez sans doute le signe de reconnaissance...

— Quel signe ? interrogea Fang-Tiouc qui pâlit.

— L'anneau à tête de Dragon !... Les serviteurs qui ont conduit la jeune fille ici ont, sur la demande du Dragon-Rouge, reçu notre serment, de ne jamais la remettre qu'à ceux qui se présenteraient à nous, porteurs de cet anneau.

Fang-Tiouc, la sueur au front, l'esprit bourrelé de pressentiments sinistres, ne sut d'abord que répondre.

— Et si je refusais de montrer cet anneau ? dit-il enfin.

— A mon tour, répondit Lieou froidement, je refuserais de te rendre celle que tu réclames. Celui que je pleure encore a juré de ne remettre Mâ qu'à celui qui lui présenterait le signe redoutable. Mon père est au séjour des âmes, mais moi, je le remplace, et je respecterai son serment...

— Oublies-tu que le Dragon-Rouge a sauvé ton père du sabre des bourreaux?

— Je n'oublie rien... Prouve-moi que tu viens en son nom et je lui prouverai ma reconnaissance en obéissant à ses ordres.

Fang-Tiouo, le visage sombre, réfléchit un moment. Il n'avait pas prévu cette résistance franche, loyale qui paralysait ses mauvais desseins. Un moment il eut la pensée de corrompre le jeune homme; mais un regard jeté sur cette figure honnête et digne lui fit abandonner cette résolution.

— Ainsi, tu refuses? fit-il d'une voix rauque.

— Je ne fais que me conformer aux instructions de celui dont tu évoques le souvenir.

— Il faut en finir... En avant, Long-Siéou !...

Et, suivi de son complice, le poignard levé, il se précipita sur le jeune homme avec un rugissement de bête fauve. Lieou, toujours calme, se recula d'un pas; sa main toucha un bouton dissimulé dans la boiserie et, aussitôt, une puissante vibration ébranla la maison.

Aux derniers retentissements du gong, les draperies qui masquaient la porte s'écartèrent comme d'elles-mêmes, et six hommes, armés de sabres larges et étincelants, se montrèrent dans la large baie.

Les deux forbans se crurent à leur dernière heure.

Mais, désignant les étrangers à ses serviteurs, Lieou-Fo se contenta de dire d'une voix calme :

— Reconduisez ces seigneurs...

— Adieu, Lieou-Fo! grinça Fang-Tiouc d'une voix qui vibrait autant de rage que de frayeur. Nous nous reverrons... bientôt...

— Je ne le souhaite pas pour toi, répondit le jeune homme, toujours maître de lui.

Et quand les deux étrangers, escortés des domestiques armés qui leur faisaient comme une garde d'honneur, eurent franchi le seuil, il reprit en passant sa main sur son front brûlant :

— Oui, c'est un danger qui la menace... Ces hommes ont de mauvais desseins. Pauvre Mâ! mon affection est sa seule sauvegarde... Mais pourrai-je résister longtemps ? Non... Oh! il est temps, grand temps de prendre un parti...

Et avec un geste de froide résolution :

— Je saurai bien l'arracher à la haine de ces hommes ! dit-il.

Pour que le jeune homme, dans un moment pareil, prît une telle résolution, il fallait que l'affection que lui inspirait Mâ fût bien profonde. On n'ignore pas que le deuil chinois a des rigueurs sans égales, qu'il se prolonge souvent plus d'une année et que, pendant ce temps, il est interdit aux plus proches parents du défunt de prendre part à aucune manifestation publique, de briguer aucune charge, aucune faveur. Mais Lieou était résolu à passer par-dessus tout cela : les vieilles superstitions, les usages d'un autre âge, sapés par le progrès, commencent à tomber un peu en désuétude dans les classes élevées de l'extrême orient qu'envahit sans cesse l'esprit nouveau.

Furieux de leur déconvenue, les deux coquins avaient prestement gagné la rue.

Là ils s'arrêtèrent et dardèrent sur la maison mortuaire un regard empreint de la haine la plus vive.

— Nous avons échoué! murmura piteusement Long-Siéou. Cet homme était prévenu; mais par qui?

Fang-Tiouc leva les épaules.

— Non, dit-il, Lieou ne sait rien; il n'a rien deviné.

— Cependant...

— N'as-tu pas compris? Il aime Mâ, et cet amour, qui lui fait souhaiter de ne pas s'éloigner d'elle, est cause qu'il se cramponne à ce misérable prétexte comme le naufragé à sa planche de salut... Il l'aime, tant mieux!... au lieu d'un cœur j'en aurai deux à broyer, au lieu d'une existence, j'en flétrirai deux..... Oh! Touang-yé-ou avait bien raison quand il m'appelait le génie du mal... S'il vivait encore, je lui montrerais que je n'ai pas démérité.....

— Silence! interrompit Long-Siéou effrayé de l'exaltation farouche de son complice, on pourrait nous entendre.....

— Et après? Ne sommes-nous pas plus puissants que le plus grand mandarin, fût-il vice-roi, arborat-il le bouton de diamant? Ne sommes-nous pas plus que des souverains, des dieux presque?...

Et résolûment il entraîna son compagnon vers la porte

de la citadelle défendue par des soldats armés de sabres et de lances.

Quelques heures après, au moment où se fermaient les petites boutiques, où les veilleurs de nuit, debout dans leurs légères pirogues, faisaient résonner les tam-tams pour effrayer les voleurs, une vingtaine de soldats, brandissant des sabres rouillés, des bâtons noueux, se précipitaient comme une avalanche dans les rues étroites, et s'arrêtaient, enfin, devant la demeure de Chong-Fo.

La nuit était sombre, mais éclairée néanmoins par mille lanternes mobiles et semblables à des globes enflammés. Dans les tavernes incendiées de vifs reflets, on voyait, à travers une atmosphère imprégnée des fumées du gin, du wiskey, de l'eau-de-vie de riz, des âcres émanations des pipes d'opium, se mouvoir des ombres rapides; on entendait, comme une cacophonie étrange, les rires idiots des buveurs avinés, les refrains des chansons, les éclats sauvages des altercations et des batailles.

Aussi les paisibles bourgeois se hâtaient de regagner leurs domiciles ; au fond des ruelles sombres, les policiers indigènes se livraient à des semblants de rondes, mais, en réalité, fuyaient plutôt qu'ils ne recherchaient les occasions d'intervenir.

Ces braves miliciens, sachant qu'avec les matelots de toutes les nations et le rebut de la population tonquinoise qui hantaient ces bouges affreux, ces immondes tavernes d'opium, il n'y avait guère que des coups à récolter, n'y allaient qu'avec un bien maigre enthousiasme, sentiment

partagé, d'ailleurs, par le petit mandarin qui les conduisait.

Arrivée devant la demeure de Chong-Fe, la petite troupe
s'arrêta, et Fang-Tioue, heurtant la porte du pommeau
de son poignard, dit au mandarin qui l'accompagnait :

— C'est ici....

— Entrons, répondit le mandarin.

———

VII. — Où les événements se succèdent avec rapidité.

Retournons maintenant au *Yamen* du Dragon-Rouge,
et jetons un coup d'œil rapide sur les événements dont il
avait été le théâtre, après la fuite des deux coquins.

Nous avons, on s'en souvient, laissé Paul Lavergne et
son ami Blanchet au moment où ils allaient descendre
dans les cachots souterrains.

A la porte de l'appartement, ils trouvèrent Tson-Ming
et un grand vieillard au front ascétique, à la barbe blanche et floconneuse, mais dont les grands yeux noirs,
franchement ouverts, gardaient encore le feu de la jeunesse.

C'était Pe-Tsung, le vieux médecin tonquinois. Dans tout
Ha-Noï, et plus loin encore, jusqu'aux confins de la

Chine, on vantait sa science merveilleuse, son habileté inouïe; mais tout bas, avec terreur, on disait que, nécromancien aussi redoutable que savant docteur, il était parvenu à arracher à l'esprit malin, le secret de la vie.

Et ce qui donnait plus de poids à cette croyance superstitieuse, c'est qu'on ne lui connaissait ni patrie, ni famille, c'est qu'un beau jour, la maison qu'il habitait s'était subitement enflammée sans qu'on pût connaître les auteurs de ce sinistre.

Et, à dater de ce moment, personne n'avait revu le mystérieux personnage...

La vérité est que Touang-yé-ou, qui connaissait le renom du vieux savant, l'avait fait enlever par ses hommes. Depuis, libre en apparence, mais soigneusement surveillé, il résidait au milieu des forbans. Toujours dans son cabinet au milieu de ses fioles, de ses creusets, de ses préparations terribles, ne se montrant que quand un malade, un blessé réclamait ses soins, il était resté étranger aux manœuvres, aux menées des bandits, il ne vivait pour ainsi dire que pour cette science, ce grand art auquel il avait voué sa vie.

Tel était l'homme que nous verrons paraître souvent dans le cours de ce récit.

— Nous sommes à tes ordres, maître, dit Tson-ling.

— Descendons, répondit Paul brusquement, il me tarde d'être en présence de cet homme, de lui arracher son secret....

— S'il veut parler toutefois, interrompit Blanchet. Rien n'est entêté comme ces pirates; du temps de l'expédition Garnier, j'en ai vu qui se laissaient tranquillement griller la plante des pieds plutôt que d'avouer ce qu'on voulait leur demander. Franchemont, sans les grimaces piteuses que la torture leur arrachait de temps à autre, on aurait pu les croire sur des lits de roses !...

— Rassure-toi, fit Tson-Ming avec conviction, Pé-Tsung connaît le moyen de faire parler les plus récalcitrants.

— Est-ce vrai, mon père? interrogea Paul plein de déférence pour ce vieillard, à l'apparence si patriarcale et dont la douceur et la bienveillante bonhomie lui avaient touché le cœur.

— Tson-Ming a dit vrai, répondit le vieillard.

Hâtons-nous de dire que le prétendu secret de Pé-Tsung n'était pas, comme Tson-Ming le croyait fermement, un secret magique; c'était tout simplement le magnétisme dont le vieux docteur avait longuement, patiemment étudié les effets et qui, plus d'une fois, l'avait servi dans ses cures prétendues merveilleuses.

A notre époque si passionnée pour tout ce qui touche au progrès, où le magnétisme, nié par les uns, défendu par les autres, dépouillé de fantastique et de surnaturel, n'apparaît plus que comme un fait scientifique bien ordinaire, ce que nous venons de dire ne surprendra personne.

Mais si nous nous transportons dans la Chine et l'Indo-Chine, ce coin du globe où le peuple croupit dans une sainte ignorance, une superstition ridicule, ou la classe élevée — celle des lettrés et des savants — repousse systématiquement toute innovation, tout progrès, toute marche en avant, on comprendra aisément combien la science du vieux docteur paraissait occulte et redoutable.

Cependant nos personnages, munis de lanternes, étaient parvenus aux premiers degrés de l'escalier conduisant aux cachots. Là, Blanchet se frotta les yeux, pour mieux voir sans doute; mais ce mouvement eut un résultat opposé, car, s'échappant de ses mains, la lanterne qu'il portait roula sur le sol où elle s'éteignit.

Couchés sur les marches de pierre, les gardes ne donnaient aucun signe de vie.

— Morts!... dit Blanchet, ils sont morts!...

— Non, répondit Pé-Tsung qui s'était baissé, les pauvres diables ne sont qu'ivres...

— C'est déjà joli! Ils ont bu...

— De l'opium.

— En bas! en bas! fit Paul qu'une crainte immense envahit, à la pensée que le prisonnier avait peut-être pu s'échapper.

Hélas! sa crainte ne devait pas tarder à se réaliser : la prison était déserte et plus sinistre encore dans cet isolement affreux qu'éclairait la lanterne tenue par le vieux docteur.

— Sauvé!... murmura Paul en portant la main à son front; il s'est sauvé!... Mais pour cela il lui fallait un complice... Qui donc m'a trahi?...

— Long-Sidou! répondit Tson-Ming sans hésiter. Lui seul avait intérêt à ce que Fang-Tiouc recouvrât sa liberté, car lui seul connaissait ses secrets, lui seul partageait son ambition insensée.

— En es-tu sûr?

— Par le nom du grand Bouddha, je le jurerais!

— Mais ces misérables, il faut les poursuivre, les rejoindre!... il faut quand ce ne serait qu'une heure, une heure seulement, que je tienne Fang-Tiouc en mon pouvoir, que je lui arrache le secret qu'il cache dans son sein!... Qui me dira quelle route ils ont prise, quelle retraite ils se sont choisie?...

— La route de Lao-Kai, dit encore Tson-Ming résolûment; c'est dans cette ville, parmi les Pavillons noirs qu'ils se sont réfugiés... à moins...

Il hésitait.

— Achève, fit Paul avec impatience.

— A moins qu'ils n'aient l'intention, par ruse ou par surprise, de s'emparer du palais de marbre.

— Du palais de marbre! exclama Blanchet.

— Oui, ce palais auprès duquel ce *Yamen* n'est qu'une misérable *paillotte*, de ce palais où sont entassées, au fond de souterrains gardés par des tigres et des caïmans, nos plus grandes richesses. Non, les misérables n'ont pu hésiter: à Lao-Kai ils n'auraient trouvé que la vengeance, au palais de marbre ils trouveront la puissance et la fortune.

— Et comme je connais Fang-Tiouc, nature perverse et créé pour la haine, dit Paul, comme je sais qu'il préférera toujours la vengeance à la fortune, ce n'est pas au

palais de marbre, c'est à Lao-Kai qu'il faut le poursuivre.
A l'œuvre amis ; ce n'est pas pour rien que je suis le Dragon-Rouge, je leur montrerai, à ces infâmes, que si je sais
récompenser, je sais aussi punir !

— Et prions Dieu qu'il nous protége, conclut Blanchet ;
car, si j'en crois certains pressentiments, c'est une véritable campagne que nous allons entreprendre. Bah ! j'ai déjà
guerroyé dans ce pays, je puis bien recommencer... Et
puis, le bon Dieu est le bon Dieu ; il se lassera à la fin de
laisser les bons pâtir pour les mauvais.

Sur ce monologue aussi instructif qu'intéressant, le
brave garçon rejoignit ses compagnons qui avaient déjà
quitté le cachot.

— Partons ! avait dit Paul dans son impatience fiévreuse.
Mais, au Tonquin un voyage, et surtout un voyage qui
peut se prolonger des mois entiers, ne s'improvise pas
comme ça. Il fallut préparer des chevaux, rassembler des
coolies pour porter les vivres, les provisions, — car sur les
sentiers tonquinois les auberges sont rares et généralement mal pourvues, — trouver une escorte, des porteurs
de *filets* pour le cas où les chevaux ne pourraient servir.

Bien que ces préparatifs fussent faciles au *Yamen*, ils
prirent encore plusieurs heures, et ce ne fut qu'au point
du jour que les cavaliers purent sauter en selle.

Le vieux docteur, Tson-Ming et Ly-Oua voulurent accom-
pagner nos amis.

Par mesure de prudence, les *coolies* et une partie de
l'escorte furent envoyés en avant. On allait entrer sur le
territoire soumis à la juridiction du vice-roi, et il ne fallait

pas éveiller les soupçons par un luxe trop éclatant, un cortége trop triomphant.

— En avant, s'écria Paul, et que Dieu nous conduise!

— En avant! répéta Blanchet.

Et la cavalcade s'ébranla et disparut dans la poussière du chemin, brillante comme des atomes d'or et de pourpre sous les premiers baisers du soleil.

La route — si on peut appeler route le sentier que suivaient nos héros — était heureusement praticable quoique sillonnée de ravins, de petits canaux creusés par les paysans pour amener à leurs champs l'eau des *arroyos*. En certains endroits, des élévateurs primitifs, aux longs tuyaux de bambous, manœuvrés par de pauvres diables à peine vêtus d'un lambeau de casaque, la tête surmontée d'un cône ou d'un champignon en paille tressée, le visage noir et brûlé, le dos zébré de cicatrices prouvant la touchante sollicitude des administrateurs pour les administrés; — en certains endroits, disions-nous, des élévateurs remplaçaient les canaux.

Des femmes, maigres, émaciées, portant un enfant à cheval sur la hanche, une hotte au dos, allaient d'un sillon à l'autre offrir aux travailleurs de l'eau, du pain en forme de galette et cuit sous les cendres, du feu pour les pipes; tandis que les bambins, assez âgés pour courir seuls, se roulaient, se vautraient dans les chaumes hauts et déjà dorés par le soleil.

Puis des arbres hauts et magnifiques, aux troncs entièrement habillés de lianes et de fleurs, bordaient le sentier. Alors, par des échappées géantes, on pouvait voir les

champs succédant aux champs, les vorgers aux branches
poudrées de frimas odorants ou portant déjà leurs fruits,
les pagodes, les temples, les huttes se détachant crûment
avec toutes leurs arêtes, leurs clochetons, leurs tours de
tuiles, leurs girouettes étincelantes sur l'écran lumineux
et diversement teinté du ciel.

Les oiseaux chantaient sous la fouillée, les hérons planaient au-dessus de leurs nids plus élevés que des aires,
les canards sauvages, les pélicans mélancoliques, les
cygnes allaient à l'eau par vols nombreux.

Au passage de la petite troupe, les laboureurs abandonnaient leurs charrues ou s'appuyaient sur le manche
de leurs houes, les femmes s'arrêtaient, les enfants se
hissaient sur leurs petites jambes; et tous regardaient ces
cavaliers si beaux, si bien mis qui passaient devant eux
comme un météore brillant.

— Quelle misère! pensait Blanchot. Voilà donc ce que
les lois, les exactions de l'Annam peuvent faire de ce pays
de quinze millions d'âmes? Ils parlent de régénération et
n'ont pu faire qu'un troupeau de bêtes de somme... Pauvres diables! comme ils sont vêtus! à peine si le plus
privilégié possède la moitié d'une chemise. Et dans leurs
misérables *paillottes* ouvertes à tous les vents, à peine
abritées contre la pluie, ont-ils toujours une poignée de
riz, un morceau de poisson séché à se mettre sous la
dent?... Tout cela vit cependant...

Nous ne suivrons point nos héros pas à pas pendant
cette courte promenade de deux jours, qui se termina
d'ailleurs sans incident remarquable. Le surlendemain au

point du jour ils voyaient le fleuve Rouge, large, impétueux, accidenté de grands bancs de sable sur lesquels poussaient drus et serrés de véritables massifs de bambous, de roseaux aux feuilles d'un vert sombre que dominaient les stipes élancées, les frondes gracieuses des cocotiers et des palmiers d'eau.

Le fleuve se présentait dans sa majesté sauvage, dans son isolement sublime; rien, dans cet endroit, ne trahissait la vie, l'animation; la nature se montrait elle-même...

Bien que récemment ouvert au commerce européen, le Song-Koï n'a encore porté ni *steamers* à l'hélice rapide, ni *steamboats* élevant au-dessus de leurs trois étages de cabines des cheminées énormes et toujours empanachées de fumée; les touristes n'ont pas encore visité ses rives pittoresques, et, le guide en main, poussé des cris d'admiration, des hourrahs de commande aux endroits indiqués, comme cela commence à se pratiquer sur le fleuve Bleu et le fleuve Jaune, déjà envahis par les Anglais; ses flots indomptés n'ont pas encore été mis à contribution par l'industrie pour faire mouvoir les machines, les engrenages d'usines puissantes...

Hélas! pauvre fleuve, bientôt ton heure viendra aussi! la hache abattra tes forêts mystérieuses; sur tes rives, en place de ces temples, de ces pagodes, de ces *miradors* si légers qu'il semble qu'un souffle les renverserait, si aériens que c'est à peine s'ils tiennent à la terre, le progrès, qui tue la poésie au profit du positif, élèvera ses casernes à ouvriers, ses magasins, ses docks laids et informes; les détritus des machines noirciront tes flots, tandis que des nuages de fumée opaque terniront ton ciel si lumineux, si profond !...

Adieu à ta tranquillité nonchalante ! Adieu aux longs détours, aux méandres capricieux dans les prairies baignées de fauves rayons, capitonnées de fleurs et d'arbrisseaux... adieu ! adieu ! l'homme t'imposera ses lois, ses quais, ses barrages, tu seras son esclave, il t'aura dompté...

Subjugués par cette impression étrange qui s'empare toujours de l'homme en face des splendeurs de la création, nos voyageurs chevauchaient lentement sur les berges sablonneuses. Par-ci, par-là s'élevaient des huttes aux murailles crevassées, aux toits de roseaux d'où, comme de gigantesques toiles d'araignées, pendaient des filets aux mailles encore humides ; des barques échouées reposaient sur le sable.

Tout à coup Blanchet poussa un cri de stupeur.

— Un cadavre ! dit-il.

Et du doigt il désignait un corps étendu sur la berge. C'était presqu'un cadavre, en effet ; le torse, à peine protégé par un lambeau de tunique, apparaissait couvert de plaies saignantes ; les pieds, les mains enflés, tuméfiés, saignant aussi, n'avaient plus de forme.

Des nuées de vautours planaient sur ces misérables restes, rétrécissant de plus en plus les orbes de leur vol rapide. On eût dit que ces rapaces sentaient la curée ! Plus loin un homme vêtu comme un paria interrogeait avidement l'horizon.

Et, à son tour, Paul Lavergne eut un cri de surprise : dans cet homme debout, il avait reconnu ce même batelier qu'il avait abandonné sur la rivière et que nous avons vu s'élancer sur la route de Ha-Noï à la poursuite de Fang-Tiouc et de son digne complice.

VIII. — Où Paul et Blanchet apprennent bien des choses.

— Yang! appela Paul d'une voix émue; Yang, est-ce bien toi?

Le paria, au son de cette voix, se détourna, et, reconnaissant celui qui l'interpellait, marcha à sa rencontre.

Mus par un sentiment de pitié bien facile à comprendre, les voyageurs mirent pied à terre et s'approchèrent de ce qu'ils prenaient pour un cadavre. Heureux de pouvoir encore une fois mettre sa science à l'épreuve, Pé-Tsung, le vieux médecin, se pencha sur le corps inerte et l'ausculta longtemps.

Pendant ce temps Paul avait tiré Yang à l'écart.

— Quel est cet homme? demanda-t-il.

— C'est Lieou-Fo, le fils du plus riche négociant chinois, de Ha-Noï, répondit Yang.

— Que lui est-il arrivé? pourquoi se trouve-t-il mourant, mort peut-être, loin de sa ville, loin des siens, dans un dénûment qui le ferait prendre pour un paria?.. Et toi, comment se fait-il que je te rencontre à ses côtés quand je t'ai laissé sur le Ho-dzing?

— C'est presqu'une histoire, maître, fit Yang. Tu m'avais oublié; moi, comme un chien fidèle, je te suivais de loin quand je te vis rentrer au *Yamen*. La nuit était venue; alors je m'étendis sur la terre dure et je m'endormais déjà lorsqu'un bruit de pas et de voix bruyantes me réveilla subitement. Deux hommes aux allures mystérieuses sortaient du *Yamen* et je les vis s'approcher de chevaux qu'un domestique leur amena et s'élancer en selle.

« Des paroles de haine et de vengeance s'échappaient de leurs lèvres; ton nom fut plusieurs fois prononcé.

— » A Ha-Noï! dit l'un d'eux; là est la vengeance!... »

« Certain, maître, qu'il se tramait contre toi un complot infâme, je m'élançai à leur poursuite bien décidé à pénétrer la vérité entière. Ils étaient montés, moi j'allais à pied; mais, grâce au mauvais état des routes, aux nombreux détours que j'abrégeai en coupant à travers champ, j'arrivai à Ha-Noï en même temps qu'eux. Sans s'arrêter ils se dirigèrent vers la demeure de Chong-Fo; force leur fut d'attendre: le vieux chinois n'était plus, et son fils et ses amis préparaient ses funérailles.

» Quelques heures après ils revinrent. Lieou-Fo les reçut; mais il paraît que la réception qu'il leur fit n'était pas de leur goût, car, écumant de rage, proférant des blasphêmes, ils sortirent presqu'aussitôt et se dirigèrent vers la citadelle.

» Il faisait nuit quand, escortés de soldats, ils revinrent vers la maison mortuaire. Violemment, ils jetèrent la porte à bas et se ruèrent dans la grande salle où Lieou, pâle, mais le regard étincelant, un sourire ironique aux lèvres, vint à leur rencontre.

» Profitant du tumulte causé par cette intrusion brutale, par l'effroi des domestiques qui se sauvaient de tous côtés, j'avais pu me glisser dans la grande salle.

» Là je vis les deux étrangers, qu'accompagnait le gouverneur nommé par la cour d'Hué, menacer Lieou ; je les entendis lui reprocher ce qu'ils appelaient sa trahison, le sommer de leur livrer une jeune fille que le Dragon-Rouge avait jadis confiée à son père... »

— Et cette jeune fille s'appelait Mâ, n'est-ce pas? interrompit Paul qu'un tressaillement inconnu agitait de la tête aux pieds.

— Comment le sais-tu?

— Poursuis ! Ne vois-tu pas que je suis suspendu à tes lèvres! que tout mon être vibre d'espérance et de crainte? Poursuis!... Lieou refusa !

— Il répondit que cette jeune fille n'était plus sous son toit, et c'était vrai, car toutes les recherches demeurèrent stériles. Alors le mandarin supplia Lieou de révéler la retraite de la jeune fille ; mais il s'y refusa encore et le mandarin impatienté fit signe à ses hommes de le saisir et de l'emporter.

» Un *filet* attendait dans la rue ; on y jeta Lieou et tous,

prisonnier et gardes, remontèrent précipitamment la rue
et s'engouffrèrent comme un tourbillon sous une des portes
de la citadelle. Je ne pouvais espérer d'y pénétrer, mais
toute la nuit, je restai là attendant anxieusement. Au point
du jour deux hommes portant un corps inanimé sur leurs
épaules traversèrent le pont, descendirent jusqu'au fleuve
et, avisant une barque, y jetèrent le cadavre. Puis ils
dénouèrent la corde et laissèrent le tout dériver au fil de
l'eau.

» A mon tour, je sautai dans une pirogue que je démar-
rai et, godillant de toutes mes forces, j'essayai d'atteindre
l'épave sinistre. Grâce à Bouddha qui veillait sur moi, je
réussis à la rejoindre. Alors, prenant le corps dans mes
bras je descendis sur la berge. C'est à ce moment que
vous êtes arrivés. »

Paul avait écouté ce long récit la poitrine gonflée, les
narines dilatées, le cœur plein de pensées contraires ; sa
main passée sous sa longue robe labourait sa chair
jusqu'au sang. Ainsi il ne s'était pas trompé ! Mâ était au
Tonquin ! la veille encore elle résidait sous le toit de celui
qu'il voyait sanglant, inanimé à ses pieds ! Et cet homme
connaissait le secret de sa retraite, d'un mot il pouvait
changer ses larmes en cris d'allégresse, ses angoisses en
ravissements ineffables...

Mais parlerait-il ? n'était-il pas trop tard pour l'interroger ?

Paul s'approcha du vieux docteur.

— Mon père, dit-il, il faut que cet homme vive, il le
faut...

Et dans l'égoïsme de son amour, il ajouta :

— Ne vivrait-il qu'une minute, je saurai profiter de cette minute, ne proférerait-il que quelques paroles, ces paroles seront celles que je veux entendre... Quoi! pas d'espoir ? oh! le ciel n'a pas pitié de nous puisqu'il nous abandonne ainsi quand nous touchons au but...

— Rassure-toi, mon fils, dit Pé-Tsung en souriant doucement, cet homme vivra...

Et brusquement il enleva le lambeau de tunique qui recouvrait les membres palpitants du malheureux. Spectacle affreux! on vit alors des plaies hideuses, tuméfiées et corrompues déjà sur lesquelles les mouches se posaient en bourdonnant... Les pieds et les mains n'avaient plus d'ongles ; la tête, sanguinolante, bleuâtre, était gonflée comme un ballon : on eût dit que — avant d'atteindre ces proportions horribles — elle avait été serrée dans un étau...

— Horrible! horrible!... s'écrièrent Paul et Blanchet en détournant les yeux.

— Cet homme vit pourtant, murmura le docteur qui, avec cette complaisance cruelle du praticien, tendait les membres un à un, faisait craquer les articulations ; le cœur bat encore... Beau sujet! Il y a dans ce corps une vitalité étonnante ; ni les roseaux pointus qu'on lui a enfoncés sous les ongles, ni les coups de rotin qui ont laissé ces larges cicatrices bien vite barbouillées de vinaigre et de sel fondu pour les rendre plus douloureuses, ni la pression des cordes tordues et enroulées autour de ce front, n'ont pu en avoir raison... Je réponds de lui.

En même temps il sortit d'une petite boîte qu'il portait toujours sur lui un flacon à demi-plein d'un liquide jaune et brillant comme de l'or en fusion. Puis, arrachant la plume de paon qui ornait sa calotte, il la trempa dans le flacon et, lentement, fit tomber quelques gouttes de la liqueur sur les lèvres du moribond.

L'effet de ce remède ne se fit pas attendre. Comme les cadavres que l'on voit dans nos hôpitaux tressaillir et se tordre au contact de la pile électrique, le corps du supplicié eut des soubresauts terribles. Soudainement il se dressa sur ses deux jambes, les yeux fixes, agrandis, les bras ouverts. Mais, trop faible pour se soutenir après cet effort suprême, il retomba brisé dans les bras de Yang et de Tson-Ming.

Cependant il avait repris connaissance.

— Les infâmes! murmura-t-il d'une voix mourante, ils se sont vengés... Mais mon tour viendra terrible, inexorable!... Merci, frères, continua-t-il, merci! Sans me connaître vous m'avez soigné, secouru... Mais je suis riche encore et je saurai vous prouver ma reconnaissance...

— Cette reconnaissance, dit Paul qui saisit la balle au bond, Lieou-Fo, tu peux nous la prouver à l'instant.

— Comment?... Parle...

— Lieou-Fo, tu avais sous ton toit une jeune fille qui y fut conduite par les gens du Dragon-Rouge... Cette jeune fille, Lieou, sur ton salut éternel, il faut que tu me dises ce qu'elle est devenue...

Une profonde stupeur se peignit sur les traits du moribond.

— Eux aussi! murmura-t-il avec un accent navré Leur pitié était donc feinte ?. ils ne sont donc venus à moi aide que pour profiter de ma faiblesse, essayer de m'arracher, mourant, le secret que je leur ai tû quand j'étais vaillant et debout? Des ennemis partout... toujours!... Mais je me révolterai... Bourreaux, achevez votre victime, elle ne parlera pas...

Et, avec un rire idiot qui résonna comme un glas funèbre aux oreilles des témoins de cette scène navrante, il poursuivit :

— Ne vous ai-je pas dit qu'en la confiant à mon père, ceux qui l'avaient amenée lui firent jurer de ne la remettre qu'au Dragon-Rouge ou à celui qui...

— A celui qui lui présenterait l'anneau du commandement, n'est-ce pas? interrompit Paul qui eut comme l'intuition de la vérité. Eh bien, regarde!...

Et étendant la main il fit briller l'anneau du commandement aux yeux du malheureux Lieou-Fo. Ce dernier, malgré sa faiblesse, voulut se prosterner devant celui qu'il prenait pour le redoutable pirate.

— Le Dragon-Rouge! fit-il avec un étonnement plein de stupeur. Parle, maître, j'obéirai...

— Ainsi cette jeune fille ?

— Redoutant une embûche de la part des étrangers — et les événements m'ont donné raison — aussitôt leur départ, secrètement, je l'ai fait partir ainsi que sa vieille nourrice pour Yûn-nan-sèn. Là, sous la protection des autorités chinoises, elle n'aura plus rien à redouter.

— En route donc pour Yûn-nan-sèn! s'écria Paul ivre de joie. Nous touchons au but, amis! Dieu est pour nous!

Le blessé, épuisé par cette longue conversation, fut aussitôt enveloppé dans de grandes pièces d'étoffe et déposé dans un des *filets* qui suivaient la cavalcade. Pé-Tsung, malgré les cruelles tortures que le malheureux avait subies, croyait pouvoir en répondre.

La petite troupe se remit en marche en faisant un détour pour éviter la ville, dont les hautes murailles, les grands édifices, les tours élancées commençaient à percer la brume irisée de lignes d'or et de feu qui montait lentement du sol échauffé par le soleil.

Bien que nos récents traités aient imposé à Ha-Noï un résident français protégé par deux compagnies d'infanterie de marine, Paul ne se souciait pas, à moins de nécessité absolue de traverser cette ville où les complices de Fang-Tiouc pouvaient lui dresser mille embûches, et où, sans risquer de compromettre le succès de son expédition, il ne pouvait se prévaloir de sa qualité de français.

On dépassa donc la ville pour essayer d'atteindre le jour même Son-Tay, village situé sur la rive gauche du fleuve Rouge.

Bien que les événements racontés par Yang et après par Lieou fussent de la plus scrupuleuse exactitude, on nous permettra, usant de notre droit de conteur, de compléter ces faits dramatiques par un récit succinct.

Revenons donc en arrière.

Lorsque Fang-Tiouc avait dit à son compagnon : — *Courons à la citadelle!* — il comptait sur l'appui du vice-roi qui, comme tous les fonctionnaires de l'Annam, haïssait cordialement les Chinois, leurs maîtres de droit sinon de fait; car, bien que la prépondérance de l'empire du milieu sur l'empire de Tu-Duc ne soit que nominative, elle existe pourtant.

Le vice-roi, d'ailleurs, il l'avait prouvé bien des fois et notamment lors de l'expédition Garnier, ne dédaignait pas de fraterniser avec les pirates, de les protéger au détriment des honnêtes gens. Fang-Tiouc savait tout cela et en tirait un augure favorable pour le succès de sa vengeance.

Cet espoir ne fut pas déçu; accueilli favorablement par le vice-roi auquel il conta ses griefs en les grossissant encore — suivant lui Mâ était sa propre fille — il obtint une garde de vingt hommes et un mandarin pour arrêter le malheureux Lieou-Fo.

On a vu par le récit de Yang comment il était arrivé trop tard.

Alors fou de rage, il donna à ses soldats l'ordre d'arrêter le jeune homme, de l'emporter dans l'intéreur de la citadelle, comptant sur la torture pour lui délier la langue, sur l'habileté des bourreaux pour lui arracher le secret qu'il taisait si obstinément.

Pénétrons dans une salle basse, voûtée, aux murs épais garnis de carcans, d'anneaux de fer, éclairée par des torches de bois résineux qui, en répandant quelques lumières, dégageaient une fumée épaisse et suffocante. Accroupis sur une sorte d'estrade couverte d'une natte, trois hommes s'éventaient gravement, chiquaient le bétel et lançaient à chaque instant sur le sol boueux des jets de salive, rouges comme du sang. C'étaient les juges! Dans un autre coin, deux gaillards nus jusqu'à la ceinture activaient la flamme d'un réchaud. C'étaient les bourreaux! Enfin, au milieu, un jeune homme pâle, mais à la contenance résolue. C'était le patient!...

Sous l'arche de la porte, des soldats armés de lances, de sabres, de croissants brillants veillaient à tout.

Tout cela, éclairé par la lueur des torches, les fauves reflets du brasier, était sinistre...

Pour la dernière fois un des juges, Fang-Tiouc, demanda au prisonnier de lui révéler la retraite de Mâ. Sans répondre, Licou fit un geste significatif. Alors le mandarin qui présidait se tourna vers les bourreaux et dit :

— Allez !...

Comme des bêtes fauves les tortionnaires se précipitèrent sur le malheureux jeune homme et l'étendirent sur un lit de roseaux. Pendant de longues heures ils exercèrent sur ce pauvre corps les plus cruels supplices de la torture chinoise si savamment raffinée! De temps en temps ils s'interrompaient pour interroger le prisonnier; mais celui-ci, qui ne pouvait plus parler, répondait par un signe négatif, et les cruautés recommençaient.

Cela dura jusqu'à ce que brisé, déchiré, le malheureux ne donnât plus signe de vie.

— Il est mort! dit un des tortionnaires.

— Alors qu'on l'emporte et le jette au fleuve. C'est sa faute aussi; pourquoi ne voulait-il pas parler? dit le mandarin en renouvelant sa chique.

Au moment où on emportait le corps du patient, un soldat entra précipitamment dans la salle, et, s'applatissant devant le mandarin.

— Lumière du jour, dit-il, à force de rechercher, j'ai appris qu'un jonque où étaient deux femmes, une vieille et une jeune, a quitté le port pour remonter le fleuve.

— Ah! s'écria Fang-Tiouc, comment n'y avais-je pas pensé! Lieou-Fo a cru me jouer en la faisant embarquer pour Yûn-nan-sèn... Pauvre niais! il est mort maintenant, et moi je tiens la piste!...

Le corps du supplicié eut un dernier tressaillement dans les bras des soldats... On eût dit que le malheureux avait entendu.

IX.— Où l'on vogue sur les eaux bleues du fleuve Rouge. La mort du commandant Garnier.

Un beau soleil faisait resplendir comme une glace de cristal l'immense surface du fleuve Rouge; Ha-Noï se perdait déjà dans l'éloignement; mais de nombreuses *paillottes* rapprochées et groupées en villages, des fortins surmontés de mille pavillons, des *miradors* aériens, des jonques, des *sampangs* glissant à la voile, à la godille, trahissaient encore les abords d'une grande ville.

Une jonque, à la proue taillée en forme de tête de dragon, longue, mais basse et effilée comme une anguille, remontait lentement le courant, ses grandes voiles ouvertes comme les ailes d'un oiseau de mer.

A l'arrière deux jeunes gens, vêtus comme des Tonquinois de la haute classe, causaient tout en admirant le paysage splendide comme nous l'avons dit.

C'était Paul et son ami Blanchet. Après avoir dépassé Ha-Noï, nos voyageurs avaient compris que l'absence de routes réellement dignes de ce nom, la difficulté de transporter les provisions, l'ennui de traîner après soi une suite de plus de cinquante personnes, et surtout la chaleur qui se faisait de plus en plus accablante, entraveraient leur voyage et leur feraient perdre du temps précieux. Le fleuve n'était-il pas là large et profond ? Cette route qui marche ne les transporterait-elle pas sans fatigue eux, leurs gens et leurs bagages jusqu'à leur destination ?

Une dernière raison avait décidé Paul : Lieou-Fo, qu'il ne voulait pas abandonner, souffrait cruellement dans le filet où on l'avait jeté. Mieux valait donc la voie fluviale, moins fatigante et surtout moins dangereuse.

Car les routes tonquinoises sont en tout temps infestées de voleurs ou de rebelles, ce qui revient exactement au même.

Il avait été facile à nos amis de se procurer un navire. Celui qu'ils avaient choisi venait de Mang-Hao avec un chargement de minerai de cuivre pour Ha-Noï. Après avoir débarqué sa cargaison, il se disposait à remonter le fleuve quand Tson-Ming l'avait hélé. L'accord avait été vite conclu entre les aventuriers et le patron qui vivait dans sa barque avec toute sa famille. Y-Lou — c'était son nom — ne dédaignait pas les *taëls* d'argent et, Paul se montrant généreux, on s'était vite entendu.

Paul avait pour ainsi dire oublié toute préoccupation et ne songeait qu'à jouir du tableau pittoresque, animé, que la nature étalait si complaisamment à ses yeux. Qui a voyagé sur nos rapides *steamers* ne peut comprendre la jouissance, le charme que l'on éprouve à se sentir doucement balancé sur le pont d'un navire assez lent pour permettre d'embrasser l'ensemble du paysage...

Du haut d'un vapeur, il semble que les rives fuient à vos yeux avec une rapidité fantastique, le regard ébloui ne peut saisir les détails, comparer les nuances : tout se fond dans un mirage magique et disparaît comme un rêve...

Du pont d'un voilier, au contraire, les objets apparaissent nets, détachés ; on peut saisir l'ensemble en même temps que la structure, observer les moindres détails, et si la succession d'un site à un autre site est moins brusque, en revanche elle satisfait l'esprit sans blesser la vue.

C'est qu'il est réellement beau, majestueux, ce fleuve Rouge qui sera une des gloires de la France quand on aura compris de quelle utilité il peut être pour le monde commercial, quand il sera devenu ce qu'il est appelé à être : le grand déversoir des productions de l'Asie !...

En attendant cette heure qui ne peut tarder à sonner, le fleuve géant s'endort dans sa nonchalance radieuse.

La nature l'a créé puissant; elle lui a donné l'ombrage des forêts où, sous les percées immenses, on voit scintiller, on entend susurrer les ruisseaux bordés de roseaux, de bambous, de cannelliers, d'églantiers chargés de fleurs; elle lui a donné un cadre de hautes collines dont les croupes mollement arrondies semblent se confondre au loin avec un ciel profond comme la pensée; elle lui a donné enfin la force, la jeunesse, l'éternelle beauté !...

Contraste saisissant ! la population qui vit dans ce paradis terrestre, environnée de toutes les richesses de la création, est hâve, déguenillée, misérable, sans aucune culture intellectuelle. C'est que la cupidité est la seule idole qu'encense cette race vieillie, abâtardie; c'est elle qui pousse le mandarin à commettre mille exactions, mille violences, mille cruautés; c'est elle qui arme le frère contre le frère, le père contre ses enfants; et quand le misérable paria, battu, rançonné, pillé de tout ce qu'il possédait, va grossir les rangs des bandits, des rebelles courant le grand chemin, c'est la cupidité mêlée de haine qui le conduit.

Dans ce pays où la loi écrite est ignorée ou inobservée de tous, où le sabre et le bâton, concurremment avec l'amende, règnent en souverains, le juge, le magistrat ne connaît d'autre justice que celle de son bon plaisir.

Les Chinois seuls, lettrés pour la plupart, s'élèvent un peu au-dessus du commun des mortels; on peut dire qu'ils détiennent entre leurs mains tout l'or, tout le commerce du pays. Malheureusement le Chinois est comme l'éponge ou la sangsue; il se gorge, et quand il se sent prêt d'éclater, s'empresse d'aller jouir chez lui du fruit de ses ruses et de son industrie.

Paul, heureusement, ne pensait pas à tout cela.

— Décidément le Tonquin est un pays privilégié du ciel, fit-il enfin.

— Oui, répondit Blanchot dont l'œil brilla d'un feu héroïque, et je trouve que, puisque nous le tenions, nous avons été bien sots de le lâcher... Et cela pour faire plaisir à Tu-Duc qui se moque de nous comme d'une guigne.

— Nous avons pourtant obtenu des avantages sérieux.

— Oui, parlons-en! des résidents, des garnisons de cent et deux cents hommes à Haï-Phong, Ha-Noï et Qui-Nonh!... malgré cela le fleuve Rouge reste obstinément fermé au commerce, car ce n'est pas la peine de parler des rares capitaines qui, poussés par l'amour du lucre, s'exposent de gaîté de cœur à mille transes, mille avanies. Pour que le commerce soit prospère, il faut qu'il soit protégé, et c'est le contraire qui existe ici. Tu regardes le pays en artiste, moi en soldat et le soldat, tu le sais, est le précurseur du colon. Oh! que de souvenirs glorieux et attristants aussi, puisqu'il nous faut déplorer la perte du brave commandant Garnier, ce coin de terre me rappelle!...

— C'est vrai, tu l'as connu, toi...

— J'ai servi sous ses ordres, je faisais partie comme soldat de deuxième classe du petit détachement envoyé de Saïgon. Monsieur Garnier, tu ne l'ignores pas, avait été envoyé à Ha-Noï pour faire une enquête, surveiller les prétendus agissements de monsieur Dupuis — encore un qui n'avait pas froid aux yeux! — que la cour d'Hué haïssait parce qu'à force de courage et d'heureuse audace il était parvenu à ouvrir de fait le fleuve Rouge au commerce, à passer des traités avec les négociants chinois; parce que jamais, lui présent, il n'avait souffert qu'on versât ou molestât ceux qui, confiants en lui, invoquaient l'appui de la France; parce que, enfin, il avait toujours tenu haut et ferme le drapeau national.

« On l'appelait *pirate*, *forban*, on vomissait contre lui les plus grosses injures, les calomnies les plus abjectes. Les succès de cet homme, qui avait réussi avec des moyens presque dérisoires, là où les Annamites, maîtres du pays, avaient échoué, le succès de cet homme était un reproche vivant qui déchaîna contre lui les haines les plus odieuses, les plus basses jalousies. Lui, qu'on ne pouvait vaincre ouvertement, on employa pour le terrasser les manœuvres les plus déloyales, les trahisons les plus infâmes. Ceux qu'on savait lui être dévoués, fussent-ils Tonquinois, Chinois, étaient torturés, menacés de mort; défense était faite de lui rien vendre, de communiquer avec lui; enfin, la passion l'emportant, on essaya d'incendier ses navires et ses magasins, d'empoisonner les sources où puisaient ses hommes (1).

» Pourtant, à chaque injustice nouvelle, les recrues arrivaient plus pressées se ranger sous ses ordres; un

(1) M. Jean Dupuis a consigné dans son journal, publié par M. Jules Gros à la librairie Dreyfous, le récit de ces turpitudes annamites. Nous avons consulté avec fruit cet ouvrage.

geste de sa main et la province de Yûn-nan-sân tout entière se soulevait en sa faveur.

» Mais il était au Tonquin légalement en vertu d'ordres, de lettres du vice-roi de Canton — dont les Annamites, il est vrai, feignaient de suspecter l'authenticité — et il voulait rester dans la légalité.

» Ce fut le 15 novembre 1873 que le commandant Garnier arriva à Ha-Noï, bien décidé à se livrer à une enquête sévère sur les prétendus griefs que l'on reprochait à monsieur Dupuis. Mais dès les premiers jours, il put se convaincre de la justice de ses réclamations; il reconnut combien était sincère et loyal l'homme qu'on lui avait dépeint comme un flibustier de la pire espèce; il vit l'état de suspicion, de dédain hargneux dans lequel le tenaient les Annamites.

» Entre ces deux hommes, le marin loyal et l'explorateur convaincu, l'entente fut bien vite complète, sympathique. Garnier résolut alors de faire rendre justice à son compatriote injustement spolié; ce n'était pas cela qu'attendaient les Annamites; des prières les plus basses ils passèrent aux menaces, des menaces aux agressions et l'on vit se renouveler contre le commandant français les tentatives qui avaient déjà été dirigées contre monsieur Dupuis.

» Le vieux maréchal Uguyen qui commandait à Ha-Noï avait fait afficher qu'il *exterminerait jusque dans la racine* les familles qui prêteraient un concours quelconque aux Français. Et ce n'était pas une vaine menace! aussi la ville marchande était plongée dans un état de terreur et de prostration affreux à voir.

» Chacun souhaitait une action décisive.

» Un coup était nécessaire; comprenant que tergiverser c'était avouer notre impuissance en face des affronts que nous recevions chaque jour, laisser le champ libre aux manœuvres de nos ennemis, le commandant résolut de le frapper. Le 20, au point du jour, les soldats d'infanterie de marine, aidés des hommes de monsieur Dupuis, se ruèrent au cri de : *Vive la France!* sur la citadelle qui, après un simulacre de résistance, fut victorieusement enlevée, et la garnison, forte de *sept mille* hommes au moins, mit bas les armes...

» Ce succès prodigieux, car nous étions *deux cents* à peine, ne nous étourdit pas; au contraire il eut un contre coup retentissant : presque au même instant le lieutenant Balny enlevait Haï-Tsuong et un jeune aspirant de marine, montant une canonnière à vapeur de *huit* hommes d'équipage, s'emparait de la forteresse de Ninh-Binh et recevait la soumission du gouverneur et de *mille sept cents* soldats!...

» Si ces faits n'étaient pas authentiques, s'ils ne s'étaient pas passés de nos jours, on croirait à une de ces épopées merveilleuses, comme on en voit dans les romans de chevalerie, à une de ces légendes grossies et enjolivées par les conteurs populaires.

» Les autres places fortes furent conquises sans peine, nous étions maîtres du Tonquin; la civilisation avait vaincu la ruse et la barbarie.

» Mais la fatalité, qui s'acharne après tout ce qui est noble et grand, devait renverser de son souffle empoisonné cette œuvre à peine fondée. Prisonnier dans son palais, souffrant bien plus des blessures faites à son amour propre que de celles reçues en combattant, le vieux maréchal Uguyen intriguait encore, et, bientôt, on vit se soulever dans la campagne toute cette tourbe qui ne vit que de pillage et de meurtres, qui acclame les jours de trouble comme des jours de fête! Pavillons jaunes et Pavillons noirs se réunirent aux bandits et aux pirates au cri de : *Mort aux barbares !*...

» Le 21 décembre sera toujours pour nous une date néfaste, car c'est ce jour que nous perdîmes celui qui avait été pour le soldat plus qu'un chef, un père, un ami. Je me rappelle tous ces détails, ils sont là gravés en traits de feu!... Les Pavillons noirs, dont l'audace s'accroissait chaque jour, s'étaient remis en campagne; une escarmouche avait eu lieu le matin et le bruit courait qu'ils menaçaient la capitale. Leurs bandes, en effet, se rapprochaient. Alors, n'écoutant que son courage, le commandant s'élança à la tête de quelques hommes seulement à travers les marécages, les jungles de bambous où l'ennemi s'était caché. Longtemps on le vit debout, donnant comme toujours l'exemple du sang-froid et de l'intrépidité; mais, soudain, son pied s'embarrasse, il trébuche, il tombe, et les Pavillons noirs, forts devant un ennemi à terre, bondissent hors de leurs retraites, le sabre, la lance au poignet...

» Hideux spectacle! quelques minutes après, la tête du

brave commandant s'élevait au sommet d'une pique comme un trophée sanglant !...

» Ainsi périt, à la fleur de l'âge, dans une escarmouche obscure, l'homme qui avait rêvé de doter la France d'une province de quinze millions d'âmes...

» Avec lui périrent monsieur Balny et trois ou quatre soldats ou sous-officiers de l'expédition.

— Et la conclusion de ceci ? demanda Paul voyant que son ami se taisait, écrasé sous le poids de tant de souvenirs.

— La conclusion, la voici, répondit Blanchot avec un sourire mélancolique. Un nouvel administrateur fut envoyé à Hu-Noï, et, quelques mois plus tard nous abandonnâmes le pays pendant que la France signait avec Tu-Duc un traité où la suzeraineté de l'Annam sur le Tonquin était reconnue. Néanmoins le fleuve Rouge fut déclaré ouvert au commerce européen, et nous obtînmes de conserver des garnisons dans quelques villes désignées à l'avance.

» Les Annamites triomphaient, les Pavillons noirs et jaunes étaient dans la jubilation. Dieu sait si leur revanche fut terrible ! A peine avions-nous tourné le dos que l'anarchie recommença comme de plus belle ; les Chrétiens, les gens soupçonnés d'avoir prêté un concours même moral à nos soldats virent se déchaîner contre eux les plus cruelles persécutions ; on refusa toute justice à monsieur Dupuis dont les navires et les équipages furent détenus au mépris du droit des gens ; bref tout est à recommencer...

» Et la tâche sera d'autant plus rude que les Anglais et les Allemands, depuis la découverte du fleuve Rouge

convoitent la possession de ce beau pays, où, non ouvertement, mais par des moyens détournés, ils feront tout leur
possible pour nous empêcher d'établir solidement... »

Blanchet cessa de parler et reporta ses regards sur le
fleuve toujours aussi calme, aussi majestueux. Les mêmes
points de vue vivants, animés, se déroulaient sur ses rives,
sur ses flots où des navires de toutes les formes, de toutes les
grandeurs allaient, venaient, se croisaient. Sur le seuil des
huttes, élevées parfois sur pilotis, des femmes, des jeunes
congaïs guettaient le retour des pêcheurs dont les légères
pirogues erraient çà et là, rapides comme des hirondelles
de mer.

Le docteur Pé-Tsung s'était aussi approché; il avait
écouté en silence les paroles du jeune homme et, si parfois un sourire énigmatique plissait ses lèvres, on voyait à
ses hochements de tête qu'il approuvait bien plus qu'il ne
blâmait.

— Et notre malade? demanda Paul qui fit un effort
pour sortir du sentiment pénible où l'avait jeté le récit de
son ami.

— Il va aussi bien que possible, répondit Pé-Tsung, et
j'espère bien le voir sur pied avant notre arrivée à Yûn-
nan-sèn, c'est-à-dire dans quinze jours environ.

La conversation tomba de nouveau et s'éteignit faute
d'aliments.

7. — De la rencontre que firent Fang-Tiouc et Long-Sléou dans la forêt tonquinoise.

— Je tiens la piste ! s'était écrié Fang-Tiouc en apprenant qu'une jeune fille et une vieille femme avaient été vues dans une jonque remontant à Yûn-nan-sèn.

En effet, il était plus que probable que Licou qui, en sa qualité de Chinois, avait des relations dans cette province de l'empire du milieu, la plus proche du Tonquin, il était présumable qu'il l'eût choisie pour y cacher Mâ et la dérober aux poursuites de ses persécuteurs.

Et pendant que les soldats emportaient, plus humains que leur maître, le corps du malheureux Licou, et l'abandonnaient dans une barque au lieu de le jeter au fleuve comme il le leur avait ordonné, le misérable traça son plan de campagne.

Devancer les fugitives, les attendre à Lao-Kai et là, les arrêter avec la complicité des Pavillons noirs, tel était l'idée qui lui souriait le plus.

— La belle en notre puissance, dit-il avec un sourire cynique, le Français ne tardera pas à se faire prendre. Nous verrons alors s'il est réellement le Dragon-Rouge...

Mais il ne fallait pas perdre une minute. Jugeant que le

fleuve, avec ses nombreux circuits, la force de son courant, les rapides qu'il faut franchir en certains endroits, s'il était la voie la plus commode était aussi la plus lente, il décida de partir à cheval. Heureusement le gouverneur était là! il lui donna des lettres de recommandation pour les chefs des Pavillons noirs, des passe-ports pour se faire délivrer des chevaux à toutes les postes impériales et le congédia en lui souhaitant bonne chance.

Si les télégraphes électriques, les chemins de fer, voire même le téléphone, commencent à se montrer dans l'empire du milieu, si les tramways ont fait leur apparition à Saïgon, il n'en est malheureusement pas de même au Tonquin, où la poste se fait par des hommes à pied, des courriers militaires portant leurs dépêches dans de grands tubes en bambou cachetés aux deux extrémités. On comprend que, dans de telles conditions, l'établissement de relais assez rapprochés soit de toute utilité.

Les pirates ne prirent que le temps d'enfourcher leurs montures et, leur rendant la main, s'élancèrent suivis d'une dizaine d'hommes dans la direction du nord-ouest. C'était à peine si, la nuit précédente, ils avaient pris quelque repos; mais la haine les soutenait, ils ne sentaient pas la fatigue.

— Ainsi, c'est convenu, dit Long-Siéou dès qu'ils eurent perdu de vue la ville encore enveloppée des brouillards de la nuit; nous gagnons Lao-Kaï presque sans désemparer et, là, nous arrêtons la vieille femme et la jeune fille, qui, grâce à la lenteur des bateliers, aux formalités des douanes

ambulantes, perdront nécessairement beaucoup de temps !
Mais après ?...

— Après ?

— Oui, ce n'est pas tout de prendre ces femmes, il faut
les garder...

— Le palais de marbre n'est-il pas là ?...

— Nous ne l'avons pas encore.

— Nous l'aurons par ruse ou par force... Songes-y,
là sont entassées nos plus grandes richesses, là sont nos
poudres, nos armes, là sont des hommes dévoués qui nous
aideront à reconquérir le pouvoir.

— Ce palais n'est pas une prison...

— Mais il peut devenir un tombeau ! fit Fang-Tiouc
avec un sombre sourire. Oh ! vienne cette heure où je
verrai leurs cadavres étendus à mes pieds ! où je pourrai
moi-même les clouer dans leurs cercueils !... Ce jour-là,
Long-Siéou, ce jour-là seulement nous serons réellement
les maîtres...

Long-Siéou ne répondit pas. Esprit positif, il n'était pas
sans inquiétude sur le succès de ce voyage que son compagnon le forçait d'entreprendre. Pour gagner du temps
comme le voulait Fang-Tiouc, couper au plus court
était le parti le plus rationnel, mais aussi le plus dan-
gereux.

Entre le Song-Koï et la rivière Hé-ho s'étend un vaste
territoire, bois épais ici, marécages, plaines de sable là,
habité par des peuples sauvages et indépendants, hanté
par des tigres et des panthères non moins cruels. On rôtit
littéralement dans ces saharas en miniature, tandis que

dans les marais on enfonce souvent jusqu'aux genoux, et sous les dômes impénétrables des forêts on étouffe faute d'air. C'est le pays des trahisons inconscientes, des catastrophes soudaines. Le fauve et le nomade sont là, guettant leur proie derrière les troncs renversés, au fond des ravins ; la flèche empoisonnée siffle à travers les taillis ; le serpent sort de son trou, de dessous sa pierre et ! se dresse perpendiculairement, dardant sur le voyageur une langue aiguë qui donne la mort...

Charmant pays en vérité!...

Mais les pirates n'en étaient pas là encore. Avant de s'engager dans cette zone dangereuse, ils avaient à traverser la province où se trouvent Song-Tay, Hong-Hoa, Long-Séou-Yé, Yuen-tsen-tong, etc..., et qu'arrosent de nombreuses rivières tributaires du fleuve Rouge.

Les dangers ne commençaient donc qu'à partir du cinquième ou sixième jour de voyage.

Les bandits allaient toujours, pressant leurs chevaux qui dévoraient l'espace. A toutes les maisons de poste ils s'arrêtaient et échangeaient leurs montures fourbues contre d'autres fraîches et reposées, qu'on leur délivrait sans difficulté grâce à leurs passe-ports. Au milieu du jour ils s'arrêtaient soit dans une auberge, une maison de thé où on leur servait les mets nationaux, soit dans une hutte de pêcheur, de paysans où ils trouvaient toujours une poignée de riz, une galette de maïs avec une tranche de poisson sèche ou frite dans de la graisse ; le soir ils couchaient où ils pouvaient ; parmi les roseaux, sur des couches à briser les reins de tout autre qu'un Tonquinois; dans les étables, sur de moelleuses litières de paille fraîche.

— Qu'importent les fatigues, les privations si nous arrivons à temps! disait souvent Fang-Tiouc.

Et Long-Siéou répondait :

— Qu'importe!...

Mais déjà les hommes murmuraient : ils trouvaient les étapes trop longues, ces bons Tonquinois, les haltes trop courtes, les repas trop maigres et surtout les lits trop durs et trop habités!

Dans ces occasions, Long-Siéou et Fang-Tiouc avaient une réponse péremptoire; ils prenaient un bâton, le maniaient vigoureusement et le battu, pas content, se frottait les côtes, et se gardait bien de protester de nouveau...

Pauvre peuple qu'on mène avec une trique!...

A mesure qu'on s'éloignait de Ha-Noï, la structure géologique du pays se modifiait sensiblement. Aux plaines du sud basses et coupées de nombreux ruisseaux, succédaient des collines, puis des montagnes avec leurs riches parures de forêts, leurs mines d'étain, de cuivre, de plomb et quelquefois d'argent. La situation des habitants se ressentait de la prospérité de la région; et puis, ils vivaient loin d'Ha-Noï, c'est-à-dire loin de la cadouille et de l'amende, ces deux cauchemars du pauvre tonquinois.

L'industrie aussi avait plus d'essor. A côté des fourneaux où se fond le minerai, on voyait de grandes cases où l'on filait et tissait la soie; de vastes plantations de mûriers attestaient l'importance de cette branche du négoce ; plus loin c'étaient des teinturiers, des fabriques de thé, de terres cuites, d'émaux, de porcelaines, d'objets d'art.

Mais partout trônait et régnait le petit mandarin de campagne, aussi avide, aussi cupide que le grand mandarin des villes quoique moins audacieux. On voyait souvent ces majestueux personnages se promener, abrités sous des parasols d'une hauteur prodigieuse, agitant avec grâce leurs grands éventails, fumant, chiquant, tandis que devant eux marchaient leurs hallebardiers vêtus de lambeaux d'étoffe aussi prétentieux que misérables, que leurs pages, chargés de tout l'attirail du chiqueur et du fumeur, suivaient à pas pressés.

D'autres fois on les voyait assis devant la porte de leurs Yamen qui, pour la plupart, ressemblaient bien plus à des étables qu'à des palais, rendant la justice ou prenant le frais en famille.

Et les villageois saluaient jusqu'à terre ces puissants autocrates, car l'homme au rotin était toujours là prêt à frapper dûrement la tête assez insolente pour ne pas se courber.

Cette petite noblesse, avare, méchante, rancunière est une des plaies de ce malheureux pays. C'est elle qui détient tous les emplois, dispense toutes les faveurs. Ne relevant que de la classe supérieure à la sienne, cantonnée dans ses *Yamen* comme dans autant de places fortes, elle a toutes les occasions de vexer, de tyranniser.

Mais cet aperçu nous a déjà entraîné trop loin. Rejoignons nos voyageurs.

Ils avaient quitté *Port-Dupuis* le matin, et s'élançant résolûment s'étaient engagés sous le couvert d'une épaisse forêt. Là, sans guide, sans boussole, ils n'avaient pas tardé à s'égarer ; tous leurs efforts pour retrouver la bonne route avaient été stériles et, quand la nuit vint, noire et hâtive sous ces sombres profondeurs, ils durent s'avouer vaincus.

Plus inextricable qu'un labyrinthe, la forêt semblait n'aboutir à aucune issue...

Les chevaux fatigués d'une marche incessante et extrêmement difficile sur ce sol coupé de profondes fondrières, hérissé de broussailles aux épines, aux feuilles aigues ou tranchantes, embarrassé d'arbres abattus par le temps et moisissant là sans que jamais main humaine ait tenté de les déplacer, courbaient tristement la tête et n'avançaient plus qu'avec peine.

— Je crois qu'il va falloir camper ici ! murmura Fang-Tiouc profondément désappointé.

— Campons ! répondit philosophiquement Long-Siéou.

— Mais, seigneur, intervint timidement un des soldats peu rassuré de cette perspective, les forêts sont infestées de tigres.

Fang-Tiouc frissonna ; le tigre qui, en Chine, personnifie la puissance impériale, est des fauves celui qu'on redoute le plus ; à l'exception de sabres et de poignards, les voyageurs ne possédaient pas d'armes.

— La rencontre serait en effet peu agréable ! murmura le forban. Essayons de nous en tirer cependant.

Mais, comme s'ils s'étaient donné le mot, les chevaux s'abattirent les uns après les autres, et il fallut se résigner à cette nécessité peu engageante de passer la nuit en pleine forêt, au risque d'être assailli et dévoré par les fauves.

— Allumons du feu, proposa Long-Siéou, les flammes tiendront les fauves à distance.

Pendant que les deux forbans, plus fâchés qu'ils ne le voulaient paraître de ce contre temps, attachaient les chevaux aux troncs des arbres, les soldats ramassaient des branches sèches, arrachaient les broussailles qui accidentaient le sol. Puis, disposant leurs fascines en un cercle immense, ils battirent le briquet et firent jaillir la flamme.

Le cercle s'embrasa soudainement; des lueurs rouges, dorées s'élancèrent du sol et éclairèrent de leurs teintes changeantes, de leurs vifs reflets, les troncs énormes des arbres. Retirés au milieu de la circonférence, les aventuriers resserrèrent leurs ceintures, car il ne fallait pas songer au dîner, et, bourrant une chique, s'étendirent sur le sol, tremblant au moindre bruit.

L'ombre du bois les couvrait comme un vaste dôme; interceptés par cette voûte épaisse, les rayons stellaires profitaient des moindres déchirures pour s'infiltrer en cascades argentées et tracer sur le sol couvert de mousse mille arabesques fantastiques.

Le silence lugubre qui régnait sous bois fut tout à coup troublé par un rauque rugissement.

— Écoutez, seigneurs!... dit un des hommes en se

redressant pâle d'effroi. Les tigres nous ont sentis!... ils approchent!... nous sommes perdus.

Fang-Tiouc écouta, hagard, échevelé. A la première voix qu'i 1 reconnaissait pour celle du maître, une autre, plus faible, mais menaçante encore, s'était jointe; puis des piaillements aigus, plaintifs comme des vagissements de nouveaux-nés, retentirent à leur tour.

En un clin d'œil tous furent debout. Effrayés par ces rugissements affreux et les âcres émanations des fauves qu'ils aspiraient à pleins naseaux, les chevaux avaient brisé leurs longes et s'étaient enfuis. Un nouveau malheur à ajouter aux autres...

— C'est fini! dit Fang-Tiouc avec rage; nous mourrons sans vengeance!

— Toute la famille est là!... ajouta un des soldats; le père, la mère et les petits...

Des ombres gigantesques se mouvaient au loin. Mais, soit que le feu les épouvantât, soit qu'ils fussent repus, les fauves se contentèrent de rôder autour du brasier sans oser le franchir. Serrés les uns contre les autres, les hommes marmottaient des invocations, promettaient aux dieux, aux génies, aux esprits d'abondantes aumônes, juraient de brûler en leur honneur des bâtonnets odorants, des feuillets d'or et d'argent où les bonzes inscrivent des formules de prières et dont la fumée est un encens agréable aux divinités... Enfin le jour parut, les fauves regagnèrent leurs repaires, et les transes cessèrent.

Mais la situation s'était corsée d'un incident terrible : la disparition des chevaux.

— Marchons pourtant, dit Fang-Tiouc heureux de s'en être tiré à si bon compte ; nous finirons par arriver quelque part.

C'était aussi l'avis de ses compagnons, qui se hâtèrent de le suivre. Il y avait à peine une heure qu'ils arpentaient de nouveau les sentiers de la forêt, quand, soudain, le forban poussa un cri joyeux. Un cavalier, suivi de trois domestiques également à cheval, venait à leur rencontre.

— Quatre montures ! dit-il. Voilà notre affaire.

Et se précipitant le poignard levé vers le cavalier, il saisit le cheval par la bride en disant :

— Arrête et descends ou tu es mort !...

— Arrière ! répondit-le cavalier. Arrière et crains pour toi-même si tu m'outrages...

Et il leva son fouet sur le forban.

— Ah ! c'est ainsi que tu le prends ? ricana Fang-Tiouc. Patience, nous allons bien voir qui l'emportera...

Le cavalier était sans défiance ; il le prit par la jambe, et, brusquement, lui fit vider les arçons. Couards et peureux comme tous les Tonquinois en général, les domestiques s'étaient déjà laissés glisser à bas de leurs montures et avaient pris la fuite. Fang-Tiouc, Long-Siéou et deux des soldats étaient déjà en selle.

— Misérable ! rugit le cavalier en se relevant, tu paieras cher cette insulte...

— Ah ! tu chantes encore, vieux coq ! Soldats, attachez-le au tronc d'un arbre et frictionnez-lui un peu les côtes et les épaules avec un rotin... Ça le calmera.

Cet ordre cruel fut exécuté. Le malheureux criait, se démenait, mais vainement! les coups de rotin tombaient en cadence sur ses reins, ses épaules. Enfin Fang-Tioua fit un signe, et le jeu barbare cessa.

— Adieu! cria-t-il en rendant la main à sa monture

— Ne souhaite pas de me revoir, car ce jour tu auras vécu... répondit la victime d'une voix grave.

Fang-Tioua eut un ricanement strident, ironique, et, suivi de ses hommes, les uns à pied, les autres à cheval, disparut sous les arcades de la forêt.

XI. — Toujours sur le fleuve Rouge. — Une surprise désagréable.

La jonque de nos amis continuait sa navigation sur le Song-Koï, tantôt à la voile, tantôt à l'aviron. C'était alors un rude travail que de refouler ce courant impétueux en de certains endroits; mais les Tonquinois sont brisés de bonne heure à cet exercice, et si on marchait lentement, on ne laissait pas néanmoins que de faire du chemin.

Les rives du fleuve Rouge, au-dessus de Ha-Noï, sont couvertes de villages, de forteresses, de légères pagodes, de miradors ou postes de guetteurs qui donnent une grande animation au paysage. C'étaient, à droite, Son-Tay, Thang-Po, Hong-Hoa à l'embouchure de la rivière Noire ; à gauche, Kidou au confluent de la rivière Claire, Ane-Nguyen, etc...

Toutes ces localités, excessivement commerçantes, avaient leurs débarcadères et leurs quais de pilotis sur le fleuve ; des auberges, des maisons de douane gardées par des soldats affublés de courtes tuniques d'étoffes voyantes et ornées de broderies de soie, coiffés de chapeaux de paille de riz, portant la lance en même temps que l'éventail, entouraient les Yamen des gouverneurs.

En même temps que nos amis et leurs domestiques, la barque était occupée par Y-Lou, le patron, sa femme, jeune tonquinoise de dix-huit ans à peine et malgré cela mère de deux jolis bébés qui, entièrement nus, couraient toute la journée sur le pont échauffé par le soleil ; enfin quatre ou cinq matelots complétaient cet ensemble.

Y-Lou semblait fort à son aise, et ses voyages sans cesse répétés de Mang-Hao à Ha-Noï lui rapportaient plus de taëls d'argent que de sapèques de cuivre. Vivant, toujours sur le fleuve, car sa barque était sa seule habitation, il échappait plus facilement qu'un autre aux exactions, aux amendes que les mandarins font pleuvoir sur leurs administrés. Aussi un certain comfort régnait dans le grand pavillon élevé sur le pont et mis à la disposition des voyageurs.

Ce pavillon, construit avec de légères voliges de sapin, se divisait en deux chambres éclairées par de hautes fenêtres aux vitraux de papier de riz vivement enluminé, aux grands stores de fibres de bambous servant à la fois contre la pluie et le soleil. Le toit, également fait de voliges peintes en rouge pour imiter la brique, était surmonté d'énormes girouettes; autour courait une sorte de vérandah chargée de pots de fleurs et d'arbustes.

L'intérieur n'était meublé que de larges *Kangs* en bois laqué, de petites tables rondes, d'étagères et de coussins.

Au moment où nous reprenons le fil de notre récit, la jonque avait heureusement franchi la série de rapides qui s'étendent de *Port Dupuis* à Touen-hia presque sans interruption et voguait vers Lao-Kai.

La navigation durait depuis douze jours déjà; le vent était toujours frais et bon et, par bonheur, jamais le temps n'avait été aussi serein.

Accoudés à la fenêtre du pavillon, Paul et Blanche humaient le frais en causant et fumant.

Assis, accroupis à l'avant auprès de l'autel des dieux familiers, les matelots, un lambeau de tapis entre eux, jouaient avec acharnement les quelques poignées de *sapèkes* qu'ils avaient gagnés à Ha-Noï; le patron tenait lui-même la barre, sa femme arrosait les touffes de camélias, les rosiers nains que le soleil desséchait dans leurs potiches ventrues; les enfants jouaient et sautaient comme des cabris.

— Regarde ces gaillards, dit Blanchet en montrant les matelots, ils ne possèdent pour ainsi dire que les misérables tuniques qui les couvrent à peine, le cône de paille qui les défend contre le soleil, eh bien, après avoir joué leurs quelques *sapèkes*, tant est vive la passion qu'ils éprouvent pour les jeux de hasard, ils joueront leurs lambeaux de vêtements... ils se joueraient eux-mêmes s'ils trouvaient des partenaires.

— Le jeu est malheureusement la lèpre hideuse qui ronge toutes les races asiatiques, ami.

— Ajoute une passion poussée à son dernier paroxysme. A Ha-Noï, dans les grandes cases des mandarins, j'ai vu des hommes perdre successivement argent, armes, terres, maisons, jusqu'à leurs enfants ! Ailleurs, dans les tavernes d'opium, on jouait *sapèkes*, vêtements ; enfin, sur le port, des bateliers n'ayant plus rien à risquer, se jouaient un certain nombre de coups de bâton que le perdant recevait séance tenante ; des enfants se jouaient leurs joujoux...

— Oui, poursuivit Paul, et parfois les sabres et les couteaux sont tirés et les parties dégénèrent en égorgement ! Triste race que celle-là !... le joueur n'a plus rien de l'homme.

Et revenant vers le *kang* (1), ils virent Licou-Fo qui les écoutait attentivement. Le jeune homme était à peu près remis, grâce aux bons soins du docteur, des effroyables tortures qu'il avait subis ; mais il devait rester infirme et défiguré toute sa vie.

— A quoi songes-tu, Licou ? lui demanda Paul.

1) Lit.

— A ce misérable, maître, répondit Lieou d'une voix qui vibrait sourdement, à la dette que j'ai contractée envers lui, dette de sang qui, j'en atteste le nom trois fois sacré de Bouddha, sera payée avec usure! Que deviendrais-je, infirme, hideux, objet de dégoût et de répulsion pour tous, si je n'avais cette pensée qui me soutient et me fait oublier ma souffrance! me venger!... Oh! oui, si je me suis attaché à la vie avec tant d'acharnement, c'est que je veux, un jour, faire souffrir à mes bourreaux le centuple de ce qu'il m'ont fait souffrir...

Ces paroles furent dites avec un accent de haine farouche qui fit tressaillir les deux hommes.

Et Blanchet pensa.

— Voilà pour nous un auxiliaire précieux! Ou je me trompe fort ou il se passera avant peu des événements tragiques. Jusque-là, taisons-nous et observons...

— Mais, reprit Paul, es-tu sûr que la jeune fille confiée à ton père puisse arriver sans encombre à Yûn-nan-sèn? Et là, que deviendra-t-elle?...

— J'ai tout prévu, maître, et si j'ai envoyé Mâ dans cette ville, c'est que, là, j'ai des parents qui l'accueilleront et la soigneront comme leur propre fille. En voyant ces deux hommes qui n'avaient pas craint de violer une maison mortuaire, en les entendant réclamer cette enfant, j'ai facilement compris que, pour une raison quelconque, elle était sur leur chemin comme un obstacle qu'il fallait écarter et faire disparaître. Je résolus alors de les prévenir. Par mes soins une barque fut équipée, je donnai à Mâ et à sa vieille nourrice des lettres pour les parents que je possède là-bas, de l'or, des serviteurs dévoués, et, les faisant secrètement sortir de ma maison, par des chemins détournés, je les conduisis au port où je les vis s'embarquer.

— Et tu ne crains pas que les bandits ne fassent arrêter leur barque?

— Elles ont trop d'avance sur eux pour redouter cela. Une fois à Yûn-nan-sèn, elles seront aussi en sûreté dans la maison de mon parent que dans le *Yamen* du *titaï* (1)...

Paul prit la main de Lieou et la serra avec force. Le jeune homme sourit.

— Tu m'as sauvé la vie, dit-il, je ne te trahirai pas... Oh! j'ai deviné ton but... tu aimes Mâ et tu veux l'arracher aux forbans pour la conduire dans ton pays... en France...

Paul devint pâle comme un suaire.

— Je te le répète, je ne te trahirai pas, continua Lieou. Crois-tu que je sois aveugle? Non... Je le sais, tu es un chrétien, un Français même... Comment l'anneau du Dragon-Rouge est-il tombé en ton pouvoir! Je ne sais; mais ce que je sais, c'est que pour toi j'étoufferais les battements de mon cœur, je renoncerais au doux rêve que j'avais formé... A quoi bon espérer, d'ailleurs?... Tu es le maître, tu es beau, riche, généreux; moi je suis proscrit, je ne possède plus rien, la torture a brisé mes membres, contracté mes traits... la lutte ne serait pas

(1) Gouverneur.

*égale entre nous!... Oh! si je n'avais la pensée de ma vengeance, je demanderais à l'esprit lumineux de me rappeler au séjour des âmes...

— Le malheureux! murmura Paul, il l'aime!...

— Oui, je l'aime ou plutôt je l'aimais! Mais rassure-toi, maître, elle ne connaîtra jamais ce secret..... Va, sois heureux, tu le mérites... Moi, quand mon œuvre sera accomplie, quand j'aurai pris œil pour œil, dent pour dent, je demanderai au ciel de m'accorder le seul bien que je convoite : le repos de la tombe...

— Pauvre garçon, fit Paul ému jusqu'aux larmes, ce Dieu que tu invoques prendra pitié de toi, tu pourras être heureux encore.

Licou secoua mélancoliquement la tête.

— Non, dit-il, il n'est plus pour moi de bonheur sur cette terre. Mais qu'importe! je serai heureux du tien, je partagerai tes joies comme tu as partagé mes souffrances.

La navigation se continuait lente, uniforme, mais toujours favorisée par un temps exceptionnel.

Le paysage avait changé d'aspect : le fleuve, étranglé maintenant entre les parois de hautes montagnes couvertes de cèdres, d'ébéniers, de cay-schen, de bananiers, de palmiers nains, avait un cours extrêmement rapide et bondissait souvent par-dessus les crêtes aiguës des écueils, laissant dans les étroits chenaux des remous, des tourbillons d'écume argentée.

La vie semblait cesser dans ces endroits sauvages : on

eut dit que cette puissante et féconde nature était vierge
encore des souillures que lui imprime, presque partout.
hélas! la main de l'homme.

Seuls les oiseaux de proie planaient majestueusement
dans le ciel d'un bleu intense ; puis, on les voyait, rapides
comme un boulet, plonger et se relever presqu'aussitôt,
un poisson aux écailles argentées frétillant dans leurs
serres crochues. Les eaux avaient aussi leur population de
canards sauvages, de bécassines, de cygnes, de pélicans
et de hérons aux pattes créées pour les marécages, aux
becs larges et aplatis, minces ou recourbés.

D'autres fois, au contraire, le fleuve traversait une
prairie, un vallon. Alors on ne voyait que riches moissons, beaux pâturages, fourmillements de travailleurs
armés de pelles, de houes, chassant devant eux des buffles
attelés à des brouettes ou tirant lentement de grandes
charrues de formes étranges. C'étaient encore de grands
rassemblements de *paillottes* assises sous les ombrages
d'arbres géants. Dans le fond, enfin, mais si loin que les
contours en étaient effacés, de nouvelles chaînes de montagnes se confondaient, bleuâtres, violacées, avec l'azur
lumineux du ciel.

En de certains endroits, grâce à des dépôts continuels,
le lit du fleuve s'était élevé au-dessus de la campagne,
et c'était un curieux spectacle que de voir les navires
avec leurs voiles planer et glisser dans l'espace...

Trois jours plus tard la jonque était en vue de Lao-Kaï.

Sur un signe du patron les matelots montèrent sur
le pont pendant que la femme, les enfants et les passagers

se cachaient dans la cabine. Le pauvre Y-Lou n'était pas sans inquiétude : les Pavillons noirs avaient recommencé leurs méfaits et rançonnaient impitoyablement tous les navires qui montaient ou redescendaient le fleuve.

— Aussi, dit-il à ses passagers, montrez-vous le moins possible.

— Quels sont donc ces Pavillons noirs si terribles ? demanda Paul.

— D'anciens *Taï Pings*, des rebelles chinois, répondit Pé-Tsung.

Après l'écrasement, l'anéantissement total de leur parti, ceux qui purent échapper par la fuite au sort de leurs compagnons torturés et massacrés, se ruèrent sur le Tonquin qu'ils ravagèrent complètement : ils essayèrent même, mais sans succès, de s'emparer de Ha-Noï.....

Alors ils remontèrent le fleuve et s'établirent solidement à Lao-Kaï enlevée de vive force. Pillant, rançonnant, incendiant villages et hameaux, exigeant des navires qui passaient sous les canons de la citadelle des droits de passage fort élevés, ils devinrent bientôt la terreur du pays. Mais, après la mort du chef suprême, la scission ne tarda pas à se mettre dans leurs rangs; ne pouvant s'entendre, ils se fractionnèrent et, tandis que les uns restaient à Lao-Kaï, les autres sous le nom de Pavillons jaunes, allèrent s'établir à Touen-hia d'abord, puis à Ho-Yang sur la rivière Claire.

— Et les Annamites laissent ces bandits s'établir ainsi chez eux? s'écria Paul indigné autant que surpris.

— Les Pavillons noirs, maintenant qu'ils ont pris pied ici, ne pourront être chassés de longtemps, répondit Pé-Tsung. Et cela se conçoit : tous ceux qui ont une haine à assouvir, une injure à venger, les pauvres parias pillés, battus par leurs propres mandarins, les pirates sans ouvrage, sachant qu'ils trouveront à Lao-Kai secours et protection, s'enrôlent en foule sous les drapeaux des rebelles, qui disposent déjà d'une véritable armée. Ces coquins sont intrépides! Allez donc leur livrer bataille avec les paysans, armés pour la première fois peut-être de lances, de sabres, de mauvais fusils, dont se compose l'armée annamite!...

« Les Annamites le savent si bien qu'ils ne voient pour s'en débarrasser d'autre moyen que de s'adresser au Céleste Empire.

» Mais la chose est délicate; les Chinois appelés au Tonquin pourraient bien y rester, et, de deux maux choisissant le moindre, ils préfèrent garder chez eux ce chancre rongeur plutôt que de risquer de devenir sujets du Fils du ciel ».

Paul allait répondre quand, rapide comme un ouragan, Y-Lou, pâle, défait, se précipita vers les étrangers.

Derrière lui sa femme, ses enfants se massaient; les matelots consternés attendaient à la porte du pavillon.

— Que se passe-t-il? demanda Paul qui, à la vue de ces figures désolées, se sentit envahi par une vague terreur.

— Maître, le fleuve est barré! fit Y-Lou d'une voix sifflante. Les Pavillons noirs méditent quelque trahison...

Paul comprit.

— Fang-Tiouc nous a précédés ! murmura-t-il les poings serrés. La lutte recommence.

Et sans écouter les supplications du patron, il s'élança sur le pont. La citadelle de Lac-Kai apparaissait sur la rive gauche du fleuve dominant les faubourgs délabrés, presqu'abandonnés, les grandes pagodes, les temples déserts. Le soleil à son déclin empourprait vivement les murs blanchis, les toits rouges, jaunes, bleus, multicolores et rendait plus intense encore la verdure foncée d arbres.

Mais Paul ne vit rien de tout cela. Y-Lou n'avait pas menti : en aval de la ville, les Pavillons noirs avaient construit avec de longs bambous, des tiges de palmiers d'eau, des herbes souples et flexibles un énorme barrage...

Une passe étroite où l'eau bouillonnait avec un remous formidable s'ouvrait seule pour les navires.

Et aux deux extrémités du barrage, agitant leurs longues lances ornées de queues de cheval, leurs pavillons sinistres, des soldats en grand nombre défendaient la passe.

— Malheur sur nous ! murmura Paul en pâlissant.

Devant les soldats, l'œil arrogant, le sourire aux lèvres, il venait de reconnaitre Fang-Tiouc et son digne complice !

XII. — Encagés comme des fauves. — Ce qu'était Pé-Tsung.

La résistance était impossible.

Seuls contre une armée — car il ne fallait compter ni sur les matelots, ni sur les domestiques — Paul et Blanchet ne pouvaient rien tenter.

— Les actions sont en baisse! murmura avec un triste sourire Blanchet qui, lui aussi, avait reconnu le sinistre pirate. Pour ma part, je ne donnerais pas grand'chose de notre peau...

— Il faut passer cependant! dit Paul.

— Comment! Nous crois-tu donc équipés en guerre? Sauf nos poignards, nos revolvers et quelques mauvais fusils nous n'avons pas d'armes. Et puis, ni Y-Lou, ni les matelots, ni même Tson-Ming et Ly-Oua ne consentiront à nous seconder.

— Reculons alors.

— Trop tard! dit Blanchet qui montra à son ami une vingtaine de jonques chargées d'hommes armés, pavoisées de pavillons noirs qui les suivaient à la piste. Le vin est tiré, mon bon, il faut le boire !...

Pendant ce court colloque, la barque, ses grandes voiles déployées, s'était de plus en plus rapprochée du barrage. Quand elle parut à l'entrée de la passe étroite, une cinquantaine d'hommes, agiles comme des clowns ou des singes, s'élancèrent sur le pont et, se ruant sur les matelots et les passagers, les mirent en une seconde dans l'impossibilité de résister.

— Aux revolvers! s'était écrié Blanchet ; nous en tuerons bien chacun nos deux!

— A quoi bon? ce serait du sang inutilement répandu, avait répondu Paul. D'un côté comme de l'autre, tout est bien perdu, va.

— C'est ce qu'il faudra voir! Tant qu'il y aura un Dieu pour les honnêtes gens, je ne désespèrerai pas, moi.....

Cependant les Pavillons noirs s'étaient mis à la manœuvre et faisaient heureusement franchir la passe au petit navire.

Quelques minutes après, il accostait le débarcadère le plus proche de la citadelle.

Une foule immense et bariolée des couleurs les plus vives assistait au débarquement des prisonniers. Sans cesse refoulée par les soldats, qui ne ménageaient ni les coups de bâton, ni les coups de lance ou de plat de sabre, elle se reformait sans cesse ; tout ce spectacle était plein d'attraits pour elle.

Les rumeurs les plus diverses, les plus étranges circulaient parmi le peuple ; les prisonniers, gratuitement chargés des crimes les plus atroces, n'en étaient que plus sympathiques à cause de cela même. Aussi les petits marchands avaient quitté leurs boutiques sombres, où un rayon égaré faisait reluire l'or des statuettes, l'acier poli des armes, le laque et la nacre des éventails et des coffrets ; les paysans, les gargotiers abandonnaient leurs marchandises aux chiens et aux filous, et tous se pressaient, se bousculaient en poussant leur exclamation favorite :

— *Cha !... Cha !...* (1)

— Nous voilà passés à l'état de bêtes curieuses ! railla Blanchot qui ne perdait jamais sa gaieté.

Paul ne répondit pas ; il venait d'apercevoir Fang-Tiouc entouré des principaux chefs, vêtus avec un luxe tout asiatique de robes de soie voyante, la tête entourée d'un turban de crépon de chine, l'éventail d'une main, le parasol de l'autre, et cette vue lui rendit toutes ses appréhensions. Plus loin une garde de cent hommes, la tunique de satin rouge en partie cachée par une cuirasse brillante, le casque à aigrette en tête, le cimeterre au côté, attendait appuyée sur de longues lances.

Ce spectacle éclairé par les lueurs fauves d'un soleil couchant, auquel les murailles grises et les canons de la citadelle formaient comme un décor naturel, ne manquait pas d'une certaine grandeur.

Cependant Fang-Tiouc s'était approché d'un des gardes.

— As-tu trouvé des femmes dans la jonque? demanda-t-il.

(1) Qu'on prononce tia ! tia ! et qui veut dire : Père! père !...

— Une seule, puissant seigneur.

— Et c'était?... interrogea de nouveau Fang-Tiouc dont l'œil eut un éclair sinistre.

— La femme du patron, puissant seigneur.

— As-tu bien cherché partout?

— Aucun coin ne m'a échappé.

— Aurait-elle réussi à m'échapper? murmura le forban pensif. Qu'importe! je tiens les hommes, c'est le principal, et, cette fois, j'en jure le nom trois fois saint de Bouddha, ils ne m'échapperont pas!

Puis désignant Paul au garde :

— Tu vois l'anneau que ce grand jeune homme porte au doigt, il me le faut ce soir même.

— Tu seras obéi, seigneur, dit l'homme en s'inclinant.

Fang-Tiouc alors revint vers les prisonniers.

— Eh bien! que vous avais-je dit? fit-il avec son hideux sourire. Entre nous la lutte n'était pas égale... Pauvres vers de terre bas et rampants, voyez aujourd'hui quelle est ma puissance...

— Puissance d'opérette! riposta Blanchet qui jamais ne perdait l'occasion de railler. Le Tonquin, tu le sais bien, a été conquis par une poignée de Français, et j'en étais! Voyons, se cache-t-il des hommes sous ces défroques d'arlequin, sous ces cuirasses de carton doré?

— Tu le verras avant peu, répondit Fang-Tiouc.

Le sinistre cortége avançait toujours. Bientôt il franchit un pont de pierre, s'enfonça sous une porte basse et voûtée et pénétra enfin dans l'intérieur de la citadelle, vaste parallélogramme aux murs épais et flanqués de tours à triple étage et que défendaient encore des demi-lunes, des bastions ruinés.

C'était là que résidait le chef des Pavillons noirs dont le palais splendide, construit jadis pour le gouverneur de Lao-Kaï, dominait tous les édifices. La nuit s'était faite ; mais les doux rayonnements des astres couvraient d'une buée légère et transparente et le fleuve et la vieille forteresse. Çà et là émergeaient avec des scintillements d'or pâle, des reflets verts, bleuâtres, les hauts clochetons des pagodes, les sommets des *Yamen*; sur les remparts les arbres se balançaient avec des bruissements harmonieux.

Contre leur attente, au lieu d'être conduits au palais du chef, les prisonniers furent dirigés vers une grosse tour à plusieurs étages. Tout semblait avoir été prévu, car la porte solide et bardée de fer était ouverte à deux battants, et sur le seuil étaient des hommes tenant d'une main un sabre à la lame large et recourbée, de l'autre une lanterne ronde qui brillait d'un rouge reflet dans la nuit.

Là Fang-Tiouc, Long-Siéou et les chefs se séparèrent de leurs prisonniers.

— Bonne nuit! ricana Fang-Tiouc; je tâcherai de vous ménager demain un réveil agréable...

Les captifs ne relevèrent pas cette dernière insulte. Qu'eussent-ils pu répondre ? Ecrasés sous la fatalité qui les faisaient échouer quand ils entrevoyaient le but, ils suivirent silencieusement leurs gardiens. Ceux-ci leur firent gravir un escalier aux marches larges et inégales et, ouvrant une porte, les poussèrent dans une vaste rotonde aux murailles de briques, à la voûte soutenue par d'énormes piliers en bois de *schen*.

Tout autour de la salle se voyaient des cages basses, étroites, aux barreaux de bambous, semblables à celles qui servent à exposer les condamnés sur les places publiques.

— Hein ! exclama Blanchet qui inventoria d'un seul coup d'œil l'ameublement de la salle, j'espère qu'on ne va pas nous fourrer là dedans? Ce serait, parbleu, par trop bête !

Les gardiens lui imposèrent silence. Hélas ! le malheureux avait trop bien deviné. Quelques minutes après, le carcan au cou, les captifs reposaient sur des litières fétides au fond de ces cages sinistres. Puis les portes furent refermées et les gardiens s'éloignèrent.

On vit quelques instants le rayonnement de leurs lanternes se promener sur les murs, on entendit le bruit de leurs pas allant, mourant sous les voûtes sonores, et les ténèbres se firent opaques, épaisses, et le silence tomba lugubre !...

Les cages enfermaient sept prisonniers, Paul, Blanchet, Pé-Tsung, Tson-Ming, Ly-Oua, Yang et Y-Lou. Lieou, trop faible, avait été laissé sur la jonque avec les matelots, la femme et les enfants.

Le silence était tellement profond qu'on entendait les gouttelettes d'eau, produites par les infiltrations de la voûte, tomber régulièrement espacées sur le sol. Mais bientôt ce silence fut troublé par des cris, des gémisse-

ments, des grincements de dents : les malheureux jetés
sur leurs litières fétides étaient littéralement dévorés de
vermine ; les scorpions, les cent pieds, les fourmis blanches sortaient en foule de leur retraites creusées dans les
interstices des briques et se précipitaient sur ces proies
assurées ; on entendait maintenant les rats trottiner sur
les dalles ! c'était un supplice affreux...

— Mille millions de je ne sais quoi ! geignit Blanchet
à bout de patience, quelle torture ! Et ne pas pouvoir se
bouger avec ces maudits carcans qui vous serrent le cou !...
Mais je suis mangé vivant !... Tonnerre de Brest !...

— Du calme ! intervint Paul brusquement, ces tortures
ne sont rien comparées à celles qui nous attendent
demain.

— Tu crois que ces nègres jaunes oseront mettre leurs
menaces à exécution ?...

— Ne l'ont-il pas fait déjà ? dit Pé-Tsung. Rassure-
toi, les Pavillons noirs sont d'ingénieux tortionnaires, et
entre être scié vivant entre deux planches, enterré jusqu'au
cou, badigeonné de miel et exposé aux morsures des
abeilles ; tenaillé, coupé en petits morceaux, ils te laisse-
ront peut-être le choix.

— Mais je ne veux pas de cela, moi ! je me révolterai !...

— Que pouvons-nous ? murmura Paul. Si dur que
soit notre sort, il nous faut bien le subir... Peut-être
même l'avons-nous mérité, nous nous sommes cru plus
que des hommes et Dieu nous punit.

— Allons donc! je n'accepte pas cet arrêt, moi!... Tu désespères donc déjà?...

— Désespérer, oui... Oh! si j'entrevoyais la possibilité de résister, que ne risquerais-je pas? Mais, emprisonnés, réduits à l'impuissance, au pouvoir de nos plus cruels ennemis, que pouvons-nous si ce n'est prier le ciel d'abréger notre martyre?...

— Tant que j'aurai un souffle de vie, tant que six pieds de terre ne recouvriront pas mon cadavre j'essayerai, je tenterai l'impossible, s'écria Blanchet avec énergie. Nous sommes sept, que diable!..... *Aide toi, le ciel t'aidera,* disait ma défunte grand'mère qui cultivait les proverbes comme Sancho Pança. Ne gagnerais-je en résistant que de me faire tuer d'un seul coup que ce serait déjà quelque chose.

Tson-Ming et Ly-Oua se taisaient, s'abandonnant à leur sort avec le fatalisme oriental. Plus loin, dans sa cage, le pauvre Y-Lou pleurait, s'arrachait les cheveux en pensant à sa chère jonque, à sa femme, à ses enfants qu'il ne reverrait plus sans doute.

— Non, reprit Paul, il faut chasser ces pensées qui ne peuvent qu'exalter nos sens, et nous préparer à mourir en chrétiens puisque la mort est inévitable... Pourtant j'aurais voulu vivre, accomplir la tâche à laquelle je m'étais voué tout entier. Mais Dieu ne l'a pas permis! Mâ, Elisabeth Viallac plutôt, est bien perdue pour moi... il faut renoncer à ce doux rêve que j'avais formé : lui rendre une patrie, une famille!...

— Qui parle d'Elisabeth Viallac? interrompit Pé-Tsung

d'une voix frémissante ; qui évoque le souvenir de cette malheureuse enfant ?...

— Tu la connais donc ? dit Paul plein de surprise.

— Si je la connais ! il le demande ! murmura Pé-Tsung dans le plus pur français cette fois... Mais, à ton tour, dis-moi tout ce que tu sais d'elle, tout, entends-tu !

Emu, subjugué par les accents de cette voix supliante, Paul raconta en peu de mots ce qu'il savait de Mâ. Il dit comment, à Saïgon, il s'était épris de cette enfant si belle, si pure qu'il croyait la fille de l'Annamite Touang-yé-ou, comment, forcé de quitter Saïgon, il s'était embarqué sur la jonque du pirate. Puis il retraça ses aventures en mer, il raconta la découverte des papiers et du médaillon trouvés dans le petit coffret, qui lui avaient appris que Mâ était Française, son incarcération à Hué, sa fuite avec le Dragon-Rouge, la confession de ce dernier et, enfin, la résolution qu'il avait prise de retrouver Mâ, de la rendre à sa famille, si toutefois cette famille existait encore.

Tout ce récit avait été fait en français.

— Mais qui es-tu donc pour tant t'intéresser à cette enfant ? demanda-t-il au vieux docteur en terminant.

— Qui je suis ! je suis Jaques Viallac, le frère du père de l'infortunée Elisabeth, le signataire des lettres que tu as trouvées. Ce que j'ai fait ? Quand j'ai appris la mort mystérieuse de mon frère, la disparition non moins mystérieuse de ma nièce, j'ai quitté Bordeaux où je résidais alors et je suis venu à Saïgon, résolu de tout tenter pour savoir ce qu'elle était devenue, la retrouver si elle vivait encore, la venger si elle avait péri...

A Saïgon, il n'y eut qu'un cri pour me renseigner : Le Dragon-Rouge ! Mais le pirate fameux résidait ordinairement au Tonquin. Je partis pour le Tonquin où, pour mieux me cacher, pour mieux apprendre ce que je voulais savoir, je me donnai pour un médecin chinois. Médecin, je l'étais réellement et un séjour assez prolongé en Chine, alors que j'étais chirurgien de marine, m'avait assez familiarisé avec la langue du pays pour pouvoir soutenir dignement ma nouvelle personnalité.

» Pendant longtemps je cherchai ; toujours en vain. Enfin, désespéré, convaincu qu'Elisabeth était bien morte, je songeais à m'en retourner en Europe quand Touang me fit enlever par ses gens. Alors j'eus une ombre d'espoir bien vite dissipée.

» Elisabeth est morte ! » répondit le Dragon-Rouge à toutes mes questions. Ce fut le dernier coup. Etroitement surveillé, je ne pouvais songer à m'enfuir ; et puis, cette vie d'études et d'observations dans un pays presque neuf encore convenait à mon esprit tranquille, et je restai. Tu sais le reste...

« Elle existe ! reprit-il après un moment de silence. Elle existe celle que je croyais perdue à jamais ! Fatalité ! nous sommes emprisonnés, impuissants, voués à la mort peut-être... Oh ! c'est affreux ! affreux !...

— Non, mon père, dit alors Paul d'une voix ferme, non, ne désespérez pas. Dieu n'a pas permis en vain cette réunion providentielle. Oh! je suis fort maintenant, quelque chose me dit que nous réussirons. Confiance donc! confiance et espoir !...

— Tu as raison, ami, conclut Blanchet. Nous sommes des hommes après tout, et Dieu est là !

Ni Yang, ni Tson-Ming, ni Ly-Oua n'avaient rien compris dans cette longue conversation faite en français. Le malheureux Y-Lou se lamentait toujours.

XIII. — Où Fang-Tiouo joue le chef des « Pavillons noirs.

Laissons les malheureux prisonniers à leurs larmes, à leurs regrets, à leurs espérances peut-être, et voyons ce qui se passait le jour suivant dans la pagode des *Bons Esprits*.

Bien que dans les rangs des Pavillons noirs il se trouve assez de musulmans, le culte officiel des rebelles est celui de la Chine.

En traversant une cour immense, pavée de larges dalles et pleine de socles, de consoles supportant des potiches ventrues, des dieux, des sphynx, des chimères dans des attitudes grotesques, on arrive à la principale

porte de la pagode, travaillée à jour comme un éventail chinois et chargée d'ornements et de sculptures largement dorés.

Les murs eux-mêmes que surmonte un toit en forme de
nacelle renversée avec une foule de girouettes, de Dragons
volants, les murs sont creusés de niches profondes,
décorés de fleurs, de feuilles, de fruits d'un fini merveilleux. Puis, la porte franchie, on se trouve dans un
immense vaisseau, à la voûte hardie d'où pendent des
milliers de lanternes, et éclairé par de grandes baies aux
vitraux de soie historiée.

Partout c'est un fouillis de niches, de socles, d'autels où
brillent sous les feux des lumières des génies debout,
accroupis, couchés, tous dorés ou émaillés des plus vives
couleurs. Les piliers montent et se tordent, les draperies
se déploient, les dais s'élèvent, les lustres pendent, et
dans les bas côtés, au fond, de grandes peintures murales
étalent à l'œil leurs tons criards et discordants.

C'est sublime à force d'étrangeté.

Cependant, à cette heure, le temple était désert. Point
de fidèles offrant aux génies les prémices de leurs champs !
point d'adorateurs leur brûlant sous le nez des bâtonnets
odorants, des papiers dorés ou argentés, des liasses de
sapèkes, de piastres également en papier, ni même ces
étranges dessins représentant des vêtements, des animaux
domestiques, dont la fumée, paraît-il, est aussi agréable
aux divinités que les objets qu'ils sont censés représen
ter !... Non, personne !...

Soudain le gong résonna avec des vibrations plaintives

sous ces voûtes élevées, une porte latérale s'ouvrit et deux hommes entrèrent.

C'étaient Fang-Tiouc et Long-Siéou.

Presqu'au même moment une deuxième porte s'ouvrit et livra passage aux deux principaux chefs des Pavillons noirs.

Tous quatre prirent place auprès d'une table destinée à recevoir les offrandes des fidèles. Il y eut un long silence, puis, brusquement Fang-Tiouc se leva et, s'adressant à ses compagnons :

— Frères, dit-il, quand je suis venu à vous muni des ordres du vice-roi de Ha-Noï, vous m'avez promis une obéissance aveugle; aujourd'hui, en face du dieu tutélaire de notre nation, je vous somme de tenir votre promesse... Pourquoi vous déjuger ainsi? pourquoi refuser de me remettre ces prisonniers qui sont miens? Savez-vous qui je suis ?...

— Serais-tu le vice-roi de Canton en personne, répondit Gia un des chefs, que nous ne pourrions te répondre que ce que nous t'avons répondu déjà.

— Votre grand chef ne peut que vous approuver.

— Attends alors son retour qui ne peut tarder. Oui, tu l'as dit : quand tu es venu à nous en nous ordonnant d'arrêter telle barque que tu nous désignerais, d'en capturer l'équipage, nous t'avons obéi. Mais aujourd'hui les prisonniers sont dans la citadelle et seul il appartient au chef suprême de décider de leur sort. Attends ! que sont quelques instants quand tu tiens ta vengeance en mains ?

— La vengeance n'est-elle pas comme une fleur que l'on voit éclore avec amour, que l'on soigne avec passion jusqu'au moment de la cueillir? dit Houan-Lin, l'autre chef. Laisse la tienne se développer en toi; bientôt elle portera ses fleurs....

— Ai-je le temps d'attendre? gronda Fang-Tiouc.

Et Long-Siéou ajouta :

— Voulez-vous, oui ou non, nous rendre nos prisonniers?

— Il faut attendre le retour de notre maître à tous, répondirent Gia et Houan-Lin.

— Soit! attendons! fit Fang-Tiouc plein de rage.

Mais cette attente ne devait pas être de longue durée. A peine achevait-il que de grands cris, de vives acclamations retentirent au dehors. Gia et Houan tressaillirent, puis, marchant vers la porte l'ouvrirent toute grande.

— Le maître! dirent-ils, le maître!

Fang-Tiouc et son complice respirèrent bruyamment.

Une litière fermée par des rideaux de soie cramoisie, entourée de gardes à cheval et précédée de musiciens, venait de s'arrêter devant la pagode. Autour, la foule des Pavillons noirs poussait des cris joyeux.

Les rideaux de soie s'écartèrent alors et un homme sauta à terre.

Fang-Tiouc pâlit et recula d'un pas.

Dans cet homme magnifiquement vêtu et entouré de ous les attributs d'un pouvoir souverain, il venait de reconnaître le voyageur qu'il avait dépouillé, fait bâtonner par ses soldats quelques jours auparavant.

L'homme aussi l'avait reconnu. Leurs regards se croisèrent comme des épées, fulgurants, chargés d'étincelles. Puis se remettant :

— Quel est cet homme ? demanda le chef des Pavillons noirs en désignant Fang-Tiouc toujours anéanti.

— Un envoyé du vice-roi de Ha-Noï, lumière du ciel, répondit Houan-Lin.

— Qu'on le saisisse !

Mais Fang-Tiouc avait déjà repris tout son empire sur lui-même. Comprenant qu'il était perdu s'il ne jouait d'audace, il devança les gardes et, s'adressant directement au chef suprême :

— Tu veux savoir qui je suis ? dit-il d'une voix ferme. Regarde !

Et il étendit sa main où brillait l'anneau à tête de dragon.

— Le Dragon-Rouge ! exclama le Pavillon noir troublé à la vue de ce signe redoutable.

— Oui, le Dragon-Rouge ! Ecoute, je me suis livré sur toi à des extrémités que je regrette ; mais je ne te connaissais pas alors. Nous avons tout intérêt à vivre en bonne intelligence ; accepte donc mes excuses et ne parlons plus de cela. Je suis seul parmi les tiens, tu peux me faire arrêter, laver dans mon sang l'outrage que je t'ai fait sans te connaître, tu en es le maître. Mais, moi mort, mon œuvre subsistera encore, tandis que la tienne s'écroulera sous le poids de ma chute. Je laisserai derrière

moi des amis dévoués qui me vengeront, et le coup qui
ne frappera sera en même temps le coup mortel qui
sapera ton pouvoir. Réfléchis donc bien avant d'agir...

Il débita tout cela d'un trait sans que sa voix changeât,
sans qu'un muscle de son visage tressaillît. Le Pavillon
noir était perplexe. Fang-Tiouc l'avait bien dit : à eux
deux, grâce à leur puissance, à leur affreux génie du mal,
ils étaient réellement les maîtres du Tonquin; mais le
pouvoir du Dragon-Rouge, par cela même qu'il était
occulte, était plus terrible que celui des Pavillons noirs
qui, chaque jour, allait en s'émiettant, en s'annihilant lui-
même... Grave sujet de méditation.

Et puis, au Tonquin comme dans tous les charmants
pays de l'extrême orient, les coups ne sont pas un
déshonneur pour celui qui les reçoit ; il n'est pas de grand
mandarin bâtonnant qui ne trouve plus haut que lui qui le
bâtonne à son tour...

Pendant l'expédition française, le vieux maréchal Uguyen
avait bien fait bâtonner le vice-roi de Ha-Noï sans que
celui-ci trouvât rien à redire ! (1)

En présence de tels exemples, les scrupules du chef
des Pavillons noirs ne pouvaient durer éternellement.

— Soit ! dit-il d'une voix moins sombre, oublions.

Fang-Tiouc eut un sourire de triomphe pendant que
Long-Siéou qui, en quelques secondes avait passé du
jaune le plus pur au violet le plus foncé, s'épongeait le
front avec la manche de sa robe. Fang-Tiouc triomphait.

(1) Historique

Il fit au Pavillon noir le court récit des événements qui l'avaient conduit à Lao-Kaï et termina en réclamant ses prisonniers.

Sans répondre, le chef fit un signe. Gia comprit et s'éloigna aussitôt. Quelques minutes après, les captifs, le carcan au cou, mais les pieds et les mains libres, étaient amenés dans la cour de la pagode.

— Vous voilà bien tous ! fit Fang-Tiouc avec un sourire railleur. Toi aussi, Pé-Tsung ! Qu'allais-tu faire en si mauvaise compagnie ? Mais j'ai le cœur sensible et je ne réclame que les deux meilleures pièces de ce gibier de bourreau. Quant aux autres, je crois que cinquante coups de rotin suffiront pour les convertir.

Les carcans qui entouraient le cou des prisonniers, sauf ceux de Paul et de Blanchet, tombèrent aussitôt.

— Allons, vieux père, continua Fang-Tiouc en s'adressant à Pé-Tsung, en raison des services que ta tête d'idiot nous a rendus autrefois, je te fais grâce du bâton... En plus, je te donne un bon conseil : N'approche jamais trop près ni de moi ni des miens, car il pourrait t'en cuire. Adieu.

Comme on le voit, Fang-Tiouc avait le triomphe facile. Sans même daigner le remercier, le vieux docteur s'approcha des deux français et, comme il ne pouvait les embrasser à cause des larges tablettes de bois qui leur emprisonnaient la tête, il leur prit les mains qu'il serra longtemps dans les siennes.

— Adieu, mon père ! murmura Paul rapidement. Pensez à *elle*, sauvez-la... Ah ! je ne regrette rien puisque je vous ai retrouvé... Dieu s'est montré clément dans notre malheur... *elle* au moins ne souffrira plus...

— Ne craignez rien, enfants, murmura le vieux docteur, tout ce qu'il est possible à l'homme de tenter, je le tenterai pour votre délivrance.

— Et nous y comptons bien! interrompit Blanchet.

Ce colloque avait été si court, si rapide qu'il n'avait pas éveillé l'attention soupçonneuse du forban; il prenait congé du chef des Pavillons noirs. Enfin, il donna le signal du départ et les prisonniers, au milieu de leurs gardiens, franchirent les portes de la citadelle et descendirent au port.

Une jonque les attendait. Fang-Tiouc et les siens s'y embarquèrent, la voile fut hissée et le petit navire, profitant du vent et courant rapidement, descendit le fleuve.

— Où nous conduit-il? demanda Blanchet que cet itinéraire nouveau déroutait.

— Au palais de marbre! répondit à voix haute et d'un air de défi Fang-Tiouc qui avait entendu.

Dans la citadelle une scène d'un tout autre genre, fort divertissante pour les soldats, mais pas pour les malheureuses victimes, se passait. En homme soucieux de tenir sa promesse, le chef des Pavillons noirs faisait administrer aux prisonniers les cinquante coups de rotin dont Fang-Tiouc les avait gratifiés dans sa généreuse magnanimité. Yang, Ly-Oua et Tson-Ming subissaient sans se plaindre ce supplice cruel, sachant bien que, dans leur charmant pays, la route de la vie est semée de plus de coups de bâton que de feuilles de roses. Seul, le malheureux

Y-Lou pleurait et riait à la fois, du contentement d'en être quitte à si bon marché, de la douleur que lui causaient les attouchements par trop intimes du bâton.

Pensez donc! avoir vu la mort de si près et en être quitte pour une légère bastonnade!...

Puis les patients furent lâchés et conduits par les soldats à la porte de la citadelle.

Ils y trouvèrent Pé-Tsung qui les attendait.

Silencieusement ils descendirent au port. Tson-Ming et Ly-Oua étaient sombres; Yang et le digne Y-Lou s'arrêtaient à chaque pas, se frottaient les côtes et le dos et se remettaient en marche avec des grimaces du plus haut comique.

On eût dit des singes à qui on venait de donner des étrivières.

Arrivés sur le port ils eurent un geste de stupeur.

La jonque n'était plus là...

Mais presqu'aussitôt un homme se traînant à peine s'avança vers eux.

C'était Lieou-Fo.

— Rassurez-vous, dit-il devinant leur pensée, la jonque après avoir franchi la passe a été amarrée derrière l'estacade. Y-Lou, ta femme, tes enfants, sont en sûreté, personne n'a touché à ton bien....

Puis avec un soupir :

— Que s'est-il passé? interrogea-t-il de nouveau. J'ai vu celui que vous appelez le *Dragon-Rouge* et son ami descendre de la citadelle entourés de gardes comme des malfaiteurs. Une barque les attendait et ils ont disparu.

Oh! le démon triomphe! Hier, après votre enlèvement, moi le pauvre infirme, le misérable dont les bourreaux ne veulent plus, je me suis traîné ici et, toute la nuit, toute la matinée, je suis resté à la même place, veillant et attendant... Et je l'ai vu passer le rictus aux lèvres, l'éclair du triomphe au front!... Oh! ma vengeance! ma vengeance!...

Rapidement, Pé-Tsung le mit au courant des événements qui s'étaient succédés dans la citadelle.

— Ainsi, pour toi, interrompit Lieou-Fo encore, cet homme qui obéissait à Fang-Tiouc était le chef des Pavillons noirs?

— Je le jurerais! affirma le vieux docteur avec conviction.

— Fang-Tiouc l'a trompé! rugit Lieou, il s'est donné pour ce qu'il n'était pas! Oh! continua-t-il comme frappé d'un soupçon soudain, il me vient une pensée? Le *maître* conservait-il toujours l'anneau du commandement?

— Je ne sais.

— Non, il ne devait plus l'avoir; Fang-Tiouc le lui aura volé ou fait voler. Oui, cela explique tout... Mais alors, il est sauvé! viens, Pé-Tsung, nous tenons notre revanche!...

— Le puis-je? murmura le vieux médecin en hochant tristement la tête. Je suis en proie à deux pensées contraires: Sauver Mâ, délivrer Paul et son ami... Et si pendant que je vole au secours des uns il arrive malheur à l'autre? ce serait affreux!...

— Tu as raison, vieux père... occupe-toi d'*elle*, sauve-la;

moi je délivrerai le *maître*... Yang, Ly-Oua, Tson-Ming m'aideront dans cette tâche... eux aussi ils ont soif de vengeance...

— Dispose de nous ! dirent les trois hommes d'une voix sombre.

— Bien, je sais où est le *maître*, Fang-Tiouc l'a imprudemment crié devant moi, et Tson-Ming doit connaître ce palais de marbre où on l'entraîne. Yang, ne me quitte pas, dis-moi tout ce que tu sais du Dragon-Rouge, il y va du salut du *maître*. Vous, allez m'attendre à bord de la jonque et n'entreprenez rien avant mon retour...

— Où vas-tu ? demanda le vieux docteur inquiet.

— Chercher la vengeance ! Viens, Yang. Et vous, à bientôt !

Il partit suivi de Yang. Nul mieux que l'annamite ne pouvait le renseigner sur le Dragon-Rouge car, seul avec Paul Lavergne, il avait assisté à l'agonie, à la mort du redoutable pirate.

Une heure après, un homme s'arrêtait à la porte de la citadelle et demandait à être introduit auprès du *chef des Pavillons noirs*.

Malgré les railleries du mandarin militaire auquel il s'adressa et qui lui demanda ironiquement de quelle puissance il était le représentant, il persista dans sa demande. Le mandarin riait toujours. Alors l'inconnu, voyant qu'on ne l'écoutait pas, s'assit sur une large pierre en disant :

— Soit aujourd'hui, soit demain, il faudra bien qu'il sorte... Malheur à vous alors!...

Très-perplexe, le mandarin se pinçait le nez avec ses

ongles qu'il portait longs de plusieurs centimètres. Enfin,
il s'éloigna pour revenir bientôt et l'étranger fut admis
dans le palais du chef redouté...

— Qui es-tu? que veux-tu? demanda le Pavillon noir
avec un froncement de sourcils de mauvais augure. Tu as
demandé à m'entretenir, parle; mais sois bref : il y a
encore des bourreaux à Lao-Kaï.

— Puissant seigneur, répondit l'étranger en se prosternant, je m'appelle Licou-Fo... Jadis j'avais une fortune,
une famille, jadis j'étais fort et vigoureux et maintenant,
brisé, infirme, j'erre sans patrie, sans parents, sans rien
qui puisse me consoler dans ma détresse... Tout, j'ai tout
perdu par la faute d'un homme : Fang-Tiouc...

— Sais-tu quel est celui dont tu prononces ainsi le
nom, poussière de mes pieds ?...

— Ah! fit Licou qui comprit qu'il avait deviné. Oui, je
sais quel est cet homme! je sais plus, je sais que pour
t'arracher ceux que poursuivait sa haine, il s'est paré d'un
nom redoutable, du nom du Dragon-Rouge! Mensonge,
seigneur! cet homme t'a trompé comme il trompe toujours;
il n'est pas le Dragon-Rouge, car Touang-yé-ou, le vrai
Dragon, est mort dans les marais de Trui... Venge-toi!...

XIV. — De Lao-Kaï à Mang-Hao.

Le même soir, dans le pavillon de la jonque, Jacques de Viallac — restituons-lui son véritable nom — Tson-Ming et Ly-Oua prenaient tristement le thé tout en fumant force pipes. Etendu sur une natte, Yang dormait profondément. Sur le pont on n'entendait que . folles paroles, éclats de rire joyeux : c'était Y-Lou, à qui la joie de revoir sa famille saine et sauve, sa bonne jonque en parfait état, faisait oublier les coups qu'il avait reçus.

Le fleuve tout noir, mais où tremblottaient cependant les reflets aigus des étoiles qui piquaient la voûte céleste, brisait avec bruit ses vagues contre le barrage improvisé. La nuit était sombre ; à peine si les maisons, les murs épais de la citadelle se profilaient dans cette noirceur sinistre. Seules les lanternes rondes accrochées au-dessus des portes flamboyaient comme de rouges météores.

Le silence, néanmoins, était coupé de bruits violents et discordants venant comme toujours des tavernes d'opium, des maisons de jeux brillamment illuminées.

Les gardiens de nuit dirigeaient dans tous les sens

leurs légères pirogues, et leurs tam-tams résonnaient étrangement dans la nuit, mêlés aux rauques soupirs du fleuve, aux murmures du vent dans le feuillage.

Dans la cabine, la conversation languissait. Chacun concentrait en soi ses pensées, ses impressions. Tsong-Ming et Ly-Oua gardaient encore sur le cœur le souvenir de l'affront que leur avait infligé Fang-Tioue en les faisant fouetter comme de simples bateliers et Jacques de Viallac, la tête en feu, les mains croisées sur ses genoux, songeait à Mâ, cette enfant pour qui il avait tout quitté, patrie, famille, cette nièce chérie qu'il avait si longuement, si inutilement cherchée...

Et voilà qu'au moment où il apprenait qu'elle vivait encore, où il pouvait espérer la revoir, voilà qu'une catastrophe terrible le séparait encore d'elle!... Devait-il abandonner Paul Lavergne, cet héroïque jeune homme qui, lui aussi, avait tout sacrifié, s'était attelé avec abnégation, un dévouement sublime à cette tâche plus qu'humaine? Et Blanchet dont la bonne humeur amenait si souvent un sourire sur ses lèvres de sexagénaire, fallait-il l'abandonner aussi?...

Non, ce serait un crime...

Et Mâ, pourtant?

Il ne pouvait sortir de ce dilemme.

— Lieou-Fo tarde bien à venir! dit-il enfin comme pour chasser les pensées qui l'obsédaient.

— Il a entrepris une tâche au-dessus de ses forces, répondit Ly-Oua. J'ai deviné son projet ; il veut intéresser le chef des Pavillons noirs à sa cause. Mais il ignore donc qu'on n'approche pas ainsi du redoutable seigneur ? Que sommes-nous devant lui ? rien, moins que rien, la poussière de ses pieds !...

— Non, fit Tson-Ming. Lieou a son idée... Pour ma part j'ai confiance en lui ; il a promis de revenir, il reviendra.....

— Et me voilà ! prononça une voix sur le seuil.

Jacques releva la mèche de la lampe à huile de coco qui éclairait la cabine et regarda. Lieou-Fo était là appuyé contre un des montants de la porte. Sa figure ravagée par les souffrances rayonnait en ce moment ; on voyait qu'il apportait une bonne nouvelle.

— Oui, dit-il, répondant à la muette interrogation des trois hommes, j'ai réussi ! Je n'avais pas préjugé en vain, Fang-Tiouc a trompé le Pavillon noir, il lui a menti comme un jongleur. Aujourd'hui le chef est furieux de colère et d'orgueil froissé, car, s'il ne me l'a pas dit, je l'ai deviné, il y a entre Fang-Tiouc et lui une vieille dette à régler ; aujourd'hui le chef ne demande qu'à partager ma vengeance.

— Que comptes-tu faire ?

— Ceci est notre secret, Pé-Tsung. Tu es vieux, cassé, laisse les jeunes poursuivre leur œuvre de sang, elle souillerait tes mains. Tson-Ming et Ly-Oua resteront avec moi. Toi, au point du jour, en compagnie de Yang, tu partiras pour Yûn-nan-sèn et tu en ramèneras Mâ.

— Comment voyager sans un *taël* ?

— Le maître en a laissé, prends-les. Nous, nous n'avons besoin de rien : le Pavillon noir est là.

— Et où te trouverai-je si je réussis?

— Tu réussiras, car avec ce papier, la sœur de mon père te rendra Mâ sans difficulté, et les Pavillons noirs ne s'opposeront pas au passage de ta barque.

De sa main mutilée il traça quelques caractères chinois sur une feuille de papier de bambou, et remettant le feuillet à Jacques, il reprit :

— Où nous nous retrouverons? à Haï-Phong à l'embouchure du Song-Koï. Confiance, vieux père, les esprits tutélaires se lasseront à la fin de tant de crimes et d'ignominies, ils prendront notre cause en main !

Et cet homme, la veille encore brisé, anéanti par tant de souffrances, se redressa beau d'une beauté farouche, l'œil rayonnant, la lèvre souriante.

. . . .

. . . .

Le lendemain au point du jour, quand Jacques de Viallac se réveilla, Licou-Fo, Ly-Oua et Tson-Ming avaient disparu.

— Poursuivons notre tâche, murmura le vieux docteur. Oui, comme il le disait hier, il y a là haut un Dieu clément qui n'abandonne jamais ses enfants.

Sans opposition de la part des Pavillons noirs, la grande voile de jonc fut hissée et, après un copieux déjeuner de riz et de porc frit dans de la graisse, après un sacrifice propitiatoire offert aux génies du fleuve, la jonque recommença sa longue navigation.

La journée s'annonçait bien différente de celle de la veille. Le ciel chargé d'électricité massait les uns sur les autres ses gros nuages noirs aux contours bizarrement découpés et éclairés de fauves rayons. Le soleil avait peine à percer ces voiles opaques, ses gerbes d'or et de feu ne se brisaient plus sur la surface glauque et agitée du fleuve. Dans l'atmosphère flottaient certains symptômes de tempête qui ne trompaient pas les marins expérimentés.

Aussi les matelots redoublaient de prières et de contorsions. Devant les dieux familiers du bord, ils avaient égorgé un vieux coq, ils brûlaient sans cesse des bâtons de sandal, des papiers dorés, argentés, couverts de maximes et de sentences. Certainement, s'ils l'avaient pu, ils seraient tranquillement restés au port; mais les événements des jours précédents fouettaient leur activité et leur inspiraient plus de terreur encore que le fleuve rugissant.

Jacques de Viallac, lui, n'avait qu'une appréhension : la crainte d'arriver trop tard !

Bientôt la pluie tomba par rafales intermittentes d'abord, puis à flots pressés. On eût dit une trombe crevant subitement et noyant tout sur son passage. L'air était obscurci par ces nuages liquides que le vent chassait dans toutes les directions. Les rives se voyaient à peine ; les barques se réfugiaient au fond des baies, des criques découpées sur le littoral ; les villageois abandonnaient leurs rizières, leurs plantations inondées ; seuls les oiseaux marins tourbillonnaient avec des cris rauques au-dessus du fleuve démonté.

La jonque filait toujours, tantôt péniblement traînée par les avirons, tantôt emportée par un souffle vertigineux ; le vent n'était plus maniable et soufflait tour à tour des quatre points cardinaux.

Jacques ne prenait pas garde à tout cela : ses pensées étaient ailleurs. Dans un coin du pavillon, sans doute pour ne pas perdre courage, Yang s'enivrait silencieuse-ment avec de l'eau-de-vie de riz et du tabac opiacé.

Les matelots entassaient vœu sur vœu, prière sur prière aux divinités, mais n'osaient pas planter le *câme* (1) de peur des Pavillons noirs.

Vers le soir cependant on s'arrêta devant un petit village bâti au bas d'une colline et cachant ses misérables pail-lottes sous de grands massifs de feuillage. Une petite rivière dégringolait de chute en chute, de cascade en cascade du sommet de la colline et mêlait ses ondes argentées d'écume aux flots alors glauques et terreux du Song-Koï.

C'était un village de fondeurs. Les mines de cuivre et d'étain étaient voisines et, chaque jour, le minerai, apporté à dos de mulet, s'engouffrait dans les fourneaux primitifs pour en ressortir en barres, en lingots. Le torse complé-tement nu, le chignon retourné, la pipe à la bouche, les hommes surveillaient la fonte, entassaient par quantités

---

(1) Pieu que l'on plante dans la vase des fleuves et des rivières et qui sert à amarrer les navires.

prodigieuses le charbon de terre qui, par bonheur, ne
coûtait rien ou presque rien, car, sans cela, le prix du
combustible dépasserait de moitié le prix de vente du
métal. Pendant ce temps les femmes allaient et venaient
versant l'eau-de-vie de riz dans des tasses minuscules,
bourrant les pipes et apportant du feu.

Tout ce petit peuple vivait dans une aisance relative,
et, sans la crainte perpétuelle des Pavillons noirs et des
rebelles qui couraient les grands chemins, se serait trouvé
parfaitement heureux.

— Nous resterons ici attendre la fin de la tourmente;
car ce serait tenter les dieux que de risquer de nouveau la
pauvre jonque sur les flots en colère! dit Y-Lou qui, à sa
grande satisfaction, avait trouvé dans le village une sorte
d'auberge où, pour quelques *sapèkes*, on nourrissait et
logeait les voyageurs.

Le logement, à la vérité, ne se composait que d'un trou
carré, sans fenêtre, avec une natte posée sur des planches
mal rabotées pour lits; la nourriture était un mélange de
riz, de viande de porc, de poissons frits dans la graisse
ou encore conservés dans de la saumure ou *muoc-mam*,
le tout fortement épicé et pimenté.

Mais qu'importait à Y-Lou! là c'était le repos! là on
pouvait fumer un nombre incalculable de pipes ou de
cigarettes en jouant aux cartes et aux dès, en absorbant
force tasses de *choum-choum* (1)! N'était-ce pas le
bonheur?...

La tempête dura deux jours encore, deux jours pendant

(1) Eau-de-vie de riz.

lesquels patron et matelots ne cessèrent de se griser, de se
voler au jeu le peu qu'ils possédaient. Enfin le soleil dis-
sipa les voiles de brumes répandus dans l'atmosphère, les
arbres, les taillis, les plantes redressaient leurs cimes où
brillaient comme des perles des millions de globules
humides, le flouve se calma comme par enchantement ; on
pouvait partir.

Y-Lou humilié, la tête basse comme un chien qu'on
vient de fouetter, car à jeun il avait conscience de l'indi-
gnité de sa conduite, vint prendre les ordres de Jacques.

— En route, répondit simplement le vieux docteur, et,
surtout, fais diligence.

— Le seigneur sera content, fit Y-Lou avec un sourire
obséquieux.

Le vent était frais, mais soufflait de côté, ce qui obli-
geait de courir de nombreuses bordées. Après l'orage la
végétation s'était déployée avec un luxe de sève, une exhu-
bérance vraiment étrange. On voyait sur le penchant des
collines — le pays s'élevait toujours — des forêts magnifiques, où la hache n'avait fait que peu de trouées, où,
sous les hautes ramures, vivait une faune puissante : che-
vreuils, sangliers, buffles, chèvres sauvages, et aussi un
gibier plus redoutable : tigres, panthères, éléphants... Les
paons, les faisans, les aigrettes, marabouts, perruches
huppées, tourterelles, pigeons étalaient sur les branches
les vives couleurs de leurs robes ; les singes affreux gam-
badaient, pirouettaient de tous côtés.

Dans les buissons de fleurs odoriférantes, les grands
massifs de cactus, parmi les bambous, les roseaux, les

larges nénufars des rives, la grenouille-bœuf, regaillardie par l'humidité, faisait entendre son cri monotone qui, en effet, ressemble assez à un beuglement pour tromper le voyageur inexpérimenté; sur les pierres chauffées par le soleil de grands lézards se prélassaient nonchalamment; les vipères sifflaient, la tête hors de leurs trous.

Parfois, dans l'échancrure de deux collines, on apercevait une gorge aride, calcinée par le soleil, des rochers élevés, déchiquetés, et profilant en pleine lumière avec des proportions, des formes à étonner l'imagination la plus fertile.

Ailleurs, au contraire, le regard se reposait avec quiétude sur une large vallée où les méandres capricieux d'une rivière étincelaient sous le soleil comme de longues traînées d'or. Des cotonniers, des indigotiers, des cannelliers aux larges feuilles pêle-mêle avec des lianes rampantes, des arbustes fleuris brodaient richement son parcours; et, du sein des hautes herbes, des chaumes jaunes déjà, jaillissaient des toits en feuilles de palmier de nombreuses *paillottes*.

L'élément chinois se mêlait maintenant à l'élément tonquinois et annamite et cela devait augmenter encore jusqu'à Mang Hao où les *célestials* dominent. Leur esprit merveilleusement mercantile, leurs aptitudes comme agriculteurs transformait le pays; les moissons apparaissaient plus belles, les villages dominés par les minarets des mosquées s'ils étaient musulmans, par les tours vernissées des pagodes s'ils étaient bouddhistes, semblaient moins délabrés, plus peuplés.

C'est que partout où va le Chinois, sauf de bien rares exceptions, il traîne avec lui l'âpre soif du gain, l'amour de l'ordre et du travail...

La jonque avait successivement dépassé Long-Po au confluent du fleuve et du Tsin-chouic-ho, cours d'eau sans importance, Sin-Kaï, petit village assez peuplé, et approchait rapidement de Mang Hao où devait se terminer le voyage fluvial.

Aussi le fleuve resserrait de plus en plus son lit, les collines se faisaient plus hautes et plus rapprochées, les vallées plus étroites. Mais sur les flancs, aux sommets de ces collines que les roches blanches perçaient çà et là tranchant sur la verdure du feuillage, quelle fraîcheur ! quelle puissance végétative ! quelle vie !... Semblable à une fourmilière, le peuple se pressait, s'agitait sur tous les points, lavant ici l'or recueilli avec le gravier dans les lits des torrents, opérant là l'extraction du plomb, du fer, de l'étain, de la houille. On était en pleine région minière.

Après sept jours de navigation depuis Lao-Kaï, la jonque aborda à Mang Hao.

Cette ville, située à sept ou huit journées de marche de Yûn-nan-cèn et à autant de jours à peu près de navigation de Lao Kai, est appelée à prendre une extension considérable quand le Song-Koï sera réellement ouvert au commerce, quand, le brigandage réprimé, les Pavillons noirs ne pourront comme actuellement rançonner barques et voyageurs. C'est l'entrepôt obligé de toutes les marchandises venues de Yûn-nan-sèn par terre, de celles encore plus nombreuses arrivant de l'occident par la mer et le fleuve. Ce jour heureux luira-t-il bientôt? Mang Hao l'espère. En attendant, les Chinois poussent activement leurs travaux, exploitent de nouvelles mines sans se soucier du mauvais vouloir des Annamites qui entravent sans cesse leur œuvre, excitent les sauvages indépendants dont les tribus nombreuses campent un peu partout dans cette région, encouragent sous main les pirates et les rebelles, ces deux fléaux du Tonquin.

C'est que les Annamites savent bien que, du jour où l'œuvre de l'énergique Dupuis aura reçu sa consécration définitive, du jour où le Song-Koï deviendra ce qu'il est appelé à être : une route facile conduisant au cœur des provinces chinoises, le Tonquin sera perdu pour eux.....

XV. — Une fête à Yûm-nan-sên.

— Dieu soit loué, je touche au terme de mon voyage!
murmura Jacques de Viallac en mettant le pied sur le
quai de Mang Hao. Encore huit jours et je verrai Elisabeth! et je la presserai dans mes bras!... Oh! pauvre
frère, pauvre Robert, de là haut si tu nous vois, combien
tu dois être heureux!...

— Maître, lui dit Yang, il faut partir sans perdre de
temps... Les autres souffrent là-bas...

— Tu as raison. Le bonheur rend égoïste et je les avais
presqu'oubliés. Et pourtant, sans eux, je ne saurais rien
encore, je serais toujours l'instrument des pirates! Oh!
que le ciel est bon! que cette réunion est providentielle!...

Yang ne comprenait pas ; mais, en garçon habitué à se
tirer d'affaire partout et toujours, il allait de l'avant, ses
grosses narines dilatées, sa bouche ouverte laissant voir
des dents noircies et rongées par l'abus du bétel.

Y-Lou, généreusement payé, s'occupait déjà d'amarrer

sa barque au quai et de décharger avec ses matelots les marchandises qu'il avait apportées de Ha-Noï.

Jacques lui avait serré la main : c'était le dernier ami qu'il laissait en arrière avant de continuer sa route dans l'inconnu.

Cependant pour arriver à Yûn-nan-sèn, sans passeport, sans recommandation des autorités annamites, il fallait réaliser des prodiges. Yang heureusement était là ; jamais embarrassé de rien, il déclara à son maître qu'avant la fin du jour ils seraient en selle.

— Je m'en rapporte à toi, fais pour le mieux, dit le vieux docteur.

— Et tu as raison, maître, répondit le digne serviteur sans fausse modestie.

L'argent est une puissance partout, surtout au pays des sapèkes. Furetant à travers les larges rues bordées de grands magasins, de cases élégantes dont les toits chargés de clochettes, de girouettes phénoménales se relevaient coquettement en chapeaux chinois, les ruelles au sol bourbeux, aux misérables *paillottes* prêtes à s'effondrer sous la moindre pression, il découvrit un vieux marchand de bric-à-brac qui, moyennant un bon prix, consentit à procurer deux chevaux, un mulet pour porter les vivres et les bagages et un guide aux voyageurs.

Jacques et Yang déjeunèrent dans la boutique du vieux négociant. La composition de ce repas était au moins étrange. Sur une petite table ronde s'amoncelait une pyramide de riz cuit à la vapeur ; vingt petits plats contenaient les uns des ailerons de requin conservés, les autres

des œufs couvés, des minces tranches de chair de caïman
du poisson, de la viande de porc coupée en petits morceaux, des fruits, mandarines, pêches, figues, des con-
fitures, des gâteaux feuilletés.

On mangeait avec des petits bâtons d'ivoire et, comme
la cuisine chinoise n'est jamais assez épicée, avant de la
porter à ses lèvres, on trempait chaque bouchée dans une
sauce horriblement poivrée, vinaigrée et pimentée où
frétillaient encore des crevettes jetées là toutes vivantes...

Pour boisson, du thé que l'on prenait sans sucre dans
des tasses infiniment petites ; les serviettes étaient rem-
placées par des petits carrés de papier extrêmement
soyeux avec lesquels on s'essuyait la bouche.

Yung-Yuen, l'hôte des voyageurs était un vieillard
petit, tout grassouillet, au sourire éternel, vif et pétulant
comme un enfant. Chose digne de remarque, si le petit
chinois est déjà grave, sérieux, ne joue pas, ne se querelle
pas, si homme fait, il exagère encore cette gravité, plus il
vieillit, plus il se rapproche de l'enfance.

Jacques demanda à combien de jours de marche il se
trouvait de Yûn-nan-sèn.

— Sept ou huit journées environ, répondit-il.

Puis la conversation tomba sur le fleuve Rouge, et
Yung-Yuen soupira.

—Tu es étranger à cette partie du pays, dit-il à Jacques,
et tu ne peux comprendre avec quelle impatience nous
attendons l'ouverture réelle de ce grand débouché ! Les
occidentaux sans doute réussiront à vaincre l'inertie coupable des Annamites, mais dans combien de temps ? Et

pourtant ce fleuve est la voie naturelle qui transporterait chez nous les produits de l'industrie européenne qui, dans la crise de transformation que subit aujourd'hui la Chine, nous sont de plus en plus nécessaires. Par cette route encore s'en iraient nos métaux, nos soies, nos thés, nos émaux, nos cloisonnés, enfin tous ces bibelots dont les autres peuples se montrent si avides. Nous sommes ici plus de vingt négociants qui avions passé des traités avec le grand mandarin Dupuis... et nous attendons en vain...

— C'est vrai! mais le courageux explorateur a été bien mal récompensé de ses peines; il s'est vu chassé de ce pays qu'il avait en quelque sorte révélé au monde commercial; il a vu ses navires saisis, internés dans des marais pestilentiels, murmura Jacques. Et pendant ce temps, Pavillons noirs, Pavillons jaunes, rebelles de toutes sortes pillent, brûlent, tuent impunément! Ainsi, suivant toi, continua-t-il, l'ouverture du fleuve serait un bienfait?...

— Un bienfait qui transformerait le pays, lui donnerait une prospérité réelle et durable, répondit Yung-Yuen avec chaleur. Que de richesses, sans compter nos mines, nos essences forestières, les produits de nos champs, qui dorment stériles et improductives et que les navires montant ou descendant le Song-Koï, les usines établies sur ses bords utiliseraient au grand profit des populations! Combien d'oisifs, de désœuvrés, trouveraient dans les grands travaux forcément entrepris le moyen de gagner honorablement leur vie et celle de leur famille!...

— Tu as raison, approuva Jacques. Malheureusement, et c'est un tort peut-être, depuis bien longtemps je me suis désintéressé de toutes ces grandes questions.

Quelques minutes après, Arèno, le guide, vint prévenir que les chevaux étaient prêts. Jacques et Yang prirent congé de Yung-Yuen en le saluant à la mode chinoise et enfourchèrent leurs montures.

Devant eux Arèno, le fouet en main, trônait sur le mulet qui portait les maigres bagages des voyageurs.

Les chevaux, des petites bêtes au poil excessivement long et emmêlé, aux sabots plats, mais à l'œil vif, à l'allure infatigable, prirent aussitôt le grand trot.

Bientôt Mang Hao avec ses cases, ses grands magasins, ses pagodes aux toits élevés et perçant le feuillage, disparut dans un brouillard lumineux.

Le pays continuait toujours à s'élever, mais laissait voir entre les chaînes de collines et de montagnes de grandes et belles vallées où se déployait une flore d'une richesse infinie, où couraient mille et mille ruisseaux. Cependant la prospérité ne semblait pas partout la même ; si aux abords des mines, excessivement abondantes sur ce point, la population grouillait, s'amassait en ruches travailleuses, en revanche on rencontrait parfois des hameaux, des villages ruinés depuis les dernières guerres des rebelles et que personne n'avait encore relevés.

L'administration des grands centres est à peu près la même que celle de la Chine ; elle est tout entière entre les mains des préfets, sous-préfets, mandarins militaires qui, à leur tour, reconnaissent l'autorité du *Fou-taï* ou gou-

verneur général de la province. Il y a quelques années
encore presque tous ces petits tyrans étaient indépendants
et ne relevaient que d'eux-mêmes; mais, depuis l'ouverture de droit sinon de fait du fleuve Rouge, ils ont reconnu
la nécessité de se soumettre.

Jacques que l'impatience dévorait pressait son cheval,
'accusait de paresse et de lenteur; Yang avait peine à le
suivre; Aréno au contraire, courait toujours devant.

Ils dépassèrent ainsi Koué-kiéou, Mont-tzé, Satien,
Mien-Tien, marchant tout le jour, couchant la nuit sur les
peu moelleux tas de roseaux qui constituent les lits d'auberges, n'ayant à manger que des poulets étiques ou encore
l'éternel porc accompagné de jeunes pousses de bambou
confites dans du vinaigre.

Le soir pendant que Jacques, la tête enfouie dans ses
deux mains, songeait au passé si triste, à l'avenir si
incertain, Aréno et Yang, devenus une paire d'amis, se
jouaient les quelques *sapèkes* qu'ils possédaient, fumaient
mille pipettes et mâchaient des graines de melon pour
s'exciter à boire.

Puis, le lendemain de grand matin, on reprenait l'étape,
tantôt sur les flancs des collines, sur les plateaux élevés,
tantôt à travers les plaines, les forêts profondément ravi-
nées. On atteignit ainsi Pa-cha-pou, Tong-bay, au bord
d'un petit lac, après avoir passé sur un bac rudimentaire
le Yué-ho ou rivière de Canton.

De là, les étapes suivantes conduisirent successivement
à Tong Kéou, Sin-sin-sching, enfin à Kouen-Yang, village
situé à la pointe extrême d'un lac assez important.

Quand nos voyageurs arrivèrent au bord du lac, ils le virent couvert par une véritable flottille de grands bateaux ornés, pavoisés et chargés à couler bas, d'hommes, de femmes, d'enfants plus ou moins richement costumés.

— C'est donc fête aujourd'hui? fit Jacques étonné de cette affluence extraordinaire.

— C'est possible, maître, répondit Yang. Tu sais que les Chinois ne perdent aucune occasion de s'amuser, et, comme la moisson, grâce aux dernières pluies, s'annonce splendide, peut-être veulent-ils offrir un sacrifice d'actions de grâces aux divinités tutélaires.

— Qu'ils fassent ce qu'il voudront, peu m'importe! Je suis à Yûn-nan-sèn, pour moi c'est l'important.

En effet, le lac traversé, on arrivait dans la ville par un grand canal.

Il n'y avait que six jours, tellement leur impatience avait été grande, que les voyageurs avaient quitté Mang Hao.

Il était environ la sixième heure, c'est-à-dire le milieu du jour (1), quand, après avoir traversé le lac splendidement ensoleillé, s'être engagé dans le grand canal, ils s'arrêtèrent frappés pour la deuxième fois de la même pensée. Yûn-nan-sèn semblait en fête : sous le chaud soleil, les grands toits de tuiles éblouissantes apparaissaient couverts d'hommes, d'enfants ; les grosses cloches des pagodes sonnaient à toute volée, joyeuses, argentines,

(1) Le jour chinois n'est que de douze heures doubles des nôtres par conséquent.

tandis que les tam-tams frappés à tour de bras faisaient comme la base de ce concert aérien; les arbres portaient tous des grappes humaines !

Dans les rues, remplies par la foule, on ne voyait que robes, tuniques de soie brochée, mariant leurs couleurs éclatantes avec l'or et l'argent des ornements; les petites calottes, les chapeaux de velours avaient tous de longues plumes de paon; les parasols ouverts se confondaient en un immense dôme de soie et de papier huilé; on sentait dans l'air le frémissement de milliers d'éventails sans cesse agités.

— Nous ne nous étions pas trompés, dit Jacques, c'est une fête, mais laquelle?

— Ah! fit Arèno, je me souviens maintenant! on ne parlait que de cela à Mang Hao et plus loin encore... C'est aujourd'hui que les bonzes viennent bénir la nouvelle pagode, c'est fête pour le pauvre peuple.

— Oui, murmura Jacques, on lui donne un jour de réjouissance, d'orgie, pour lui faire oublier sa misère et demain il retombera dans son abjection. Mais ceci nous importe peu, marchons.

— Y songes-tu?... Le cortége débouche là-bas, et, traverser cette foule en un pareil moment, ce serait nous exposer à être écharpés...

— Malheur! fit le vieux docteur, pourquoi ne pas être arrivé un jour, quelques heures plus tôt !...

— Maître, nous ne le savions pas, dit Yang.

Jacques comprit la justice de ce reproche déguisé, et retiré sous la large vérandah d'une maison, se résigna à assister aux enivrements de cette fête qu'intérieurement il donnait au diable.

La rue où il se trouvait conduisait au *Yamen* du gouverneur, élevé au centre d'une vaste place tout ombragée de grands arbres, de massifs odoriférants. Là étaient de belles maisons, des palais ayant les uns leur façade sur la rue, les autres cachés au fond de grands jardins et ne laissant voir au-dessus des murs de briques couronnés de feuillage que leurs toits pointus et bizarres.

Enfin le cortége parut. Devant marchaient des soldats splendidement vêtus de soie blasonnée, ayant des houppes, des plumes à leurs grands chapeaux de paille ; une éventail d'une main, une longue lance au fer brillant, au manche laqué et orné d'une queue de cheval de l'autre. C'était la force armée toujours respectable partout. Pour être moins brillants, les bonzes en grandes robes jaunes, le crâne rasé, le chapelet à la ceinture, n'en étaient pas moins fiers : ils escortaient les dieux, les génies tutélaires que de solides gaillards, bras et jambes nus, portaient sur des brancards, sous des dais richement décorés.

Tous ces affreux magots grimaçaient, miroitaient au soleil à travers les nuages odorants des parfums.

Les mandarins superbes, étincelants, entourés encore de soldats casqués et cuirassés, suivaient sur leurs petits chevaux harnachés avec goût.

La foule hâletait.

Mais ce n'était rien encore! Soudain on vit apparaître un énorme dragon long de plus de dix mètres et marchant avec des ondulations, des contorsions bizarres, à vingt pas il faisait illusion.

Pourtant sa construction était élémentaire. Sous une carcasse de bambous flexibles, recouverte de larges écailles de papier rouge, se tenaient des hommes qui, soutenant sur leur tête le léger édifice, lui imprimaient en marchant ce mouvement ondulatoire qui était en quelque sorte celui de la vie. La tête seule avec ses larges dents, sa langue fourchue, ses yeux d'émail était effrayante de réalisme. Une longue draperie rouge, frangée d'or à ses extrémités, pendait des flancs du monstre et ne laissait voir que les pieds chaussés de souliers palmés des hommes qui le soutenaient.

— Le Dragon-Rouge! criait la foule pour qui cette grossière exhibition personnifiait le redoutable pirate.

Après le dragon, un char contenant les acteurs et les musiciens du théâtre chinois, s'avançait traîné par des buffles entièrement blancs; d'autres chars, chargés d'enfants et de jeunes gens chantant des hymnes au Tout-Puissant, suivaient à la file, enfin venaient des grotesques à pied, à cheval ou montés sur des paons, des faisans, des tigres, des panthères, des caïmans en carton.

Et la foule criait, frappait des mains, acclamait chaque char, chaque groupe.

Des soldats, des bonzes encore fermaient la marche.

Sous les fauves clartés du soleil traversant comme une gaze légère les fumées des parfums, l'or, l'argent, les couleurs ruisselaient, étincelaient; les sons montaient graves, recueillis, doucement soutenus par les éclats assourdis des gongs.

Arèno et Yang jouissaient en véritables asiatiques des magies de cette scène. Jacques, lui, ne pensait qu'à une chose : au retard qu'il éprouvait.

Enfin le cortége disparut, mais il avait mis plusieurs heures à se déployer. La foule, toujours joyeuse, se précipita entraînant nos voyageurs sur la grande place du *Yamen*, où des jeux publics, des théâtres, étaient disposés pour elle comme chez nous les jours de fêtes populaires. Des orchestres complets, gongs, tambours, clarinettes en cuivre, flûtes, violons, orgues de barbarie même, jouaient au coin de tous les carrefours ; et, pour éviter aux promeneurs la peine de rentrer chez eux, d'innombrables gargottes en plein vent débitaient pour quelques *sapèkes* les mets les plus hétérogènes.

— Hâtons-nous de profiter de ce calme relatif, dit Jacques à ses compagnons.

Mais perdus dans cette marée humaine, force leur était de suivre le courant. Ceux qu'ils interrogeaient ne les écoutaient même pas, ou les regardaient de travers er murmurant des paroles inintelligibles.

— Il faudra attendre la fin de la fête, fit Arèno.

— Je le crains, répondit Jacques.

La nuit était déjà venue ; alors, comme allumées par la baguette d'un magicien, des milliers de lanternes rondes ovales, en forme d'étoiles, de croissants brillèrent aux faîtes des toits, aux portes, aux fenêtres, dans les massifs de feuillage. On eût dit un embrasement général ! Sur le

canal même, des lumières tremblotantes enveloppées
dans des feuilles de papier transparent et taillé en forme
de fleurs de lotus, de nénufars, de tulipes descendaient,
se croisaient, s'enchevêtraient d'une manière pittoresque.
Toutes les jonques aussi avaient illuminé et c'était vraiment un spectacle féerique.

Soudain un grand cri, cri immense jaillissant de cinq
mille poitrines, retentit. Des quatre coins de la place,
rouges, vertes, jaunes, des fusées montaient en se croi-
sant, serpentant, vomissant des milliards d'étincelles qui
éclairaient d'un éclat rapide et fulgurant la nuit profonde.
Puis dans l'embrasement général apparurent des tours,
des vaisseaux, des arbres, des dragons, des fleurs. Enfin
le bouquet éclata avec un fracas sonore et retentissant, et
l'obscurité se fit de nouveau.

Il ne restait plus dans le ciel tout noir que quelques
cerf-volants lumineux apparaissant comme de gigantesques
oiseaux de feu.

La fête était terminée.

— A l'œuvre maintenant ! dit le vieux docteur à ses
compagnons.

XVI. — Le Palais de marbre.

Tout au fond du golfe du Tonquin, entre la côte et l'île d'Haï-Nan, existe un véritable archipel de récifs, de bancs de sable, d'îlots, connu jadis et connu aujourd'hui encore sous la dénomination peu rassurante d'*îles des Pirates*...

Et c'est tout naturel ; couvertes d'une riche végétation, de forêts qui sont vierges encore tant elles sont épaisses et désertes, ces îles ont toujours été et seront longtemps encore de merveilleux refuges pour les forbans. Qui oserait les poursuivre dans ces bois, ces taillis inextricables, parmi ces rochers dont ils ont fortifié les moindres crevasses ? Quel capitaine, sans risquer d'échouer son navire, oserait leur donner la chasse dans ces bras de mer tortueux, hérissés de roseaux, de bancs de sable, de récifs à fleur d'eau où seules les jonques d'un faible tirant d'eau peuvent s'aventurer ?

Les forbans se savent à peu près inexpugnables et profitent admirablement de cette sécurité forcée. Ces îles sont leurs territoires, c'est là qu'ils viennent, l'expédition terminée, dépenser leurs longues heures de paresse et de rêverie, se partager le butin, s'enivrer, jouer, se battre; c'est là qu'ont lieu souvent ces terribles batailles de bande à bande, de chef à chef, c'est là parfois qu'ils enfouissent leurs armes et leurs trésors.

Dans cette population de bandits se retrouvent tous les types depuis le Chinois, l'Annamite, le Malais, l'Africain jusqu'à l'Européen parfois. C'est l'écume de la société, écume immonde et sinistre.

Dans les jours d'orgie, les races sont fraternellement confondues, on entend toutes les langues. L'un demande à boire en chinois, l'autre lui répond en hindou, un troisième chante une chanson malabare pendant qu'un quatrième blasphème le nom de Mahomet. Quand les rixes, les querelles éclatent, on entend détoner les revolvers, on voit briller les lances, les *bowie-knifes*, les kriss dentelés; chacun invoque son dieu ou meurt en maudissant son nom.

Voilà ce qui existe encore en plein xixᵉ siècle, sous la sage administration de l'Annam et de la Chine.

L'une de ces îles, la plus grande, appartenait au Dragon-Rouge; c'était là que, dans l'appréhension d'une catastrophe suprême, il avait fait bâtir ce fameux palais de marbre dont tout le monde parlait au Tonquin, mais que personne n'avait pu voir.

La tradition populaire, riche et fertile comme toutes les traditions, faisait de ce séjour redoutable un véritable lieu de délices, un palais féerique aux grandes salles pavées d'or, décorées de colonnades de jaspe, de porphyre, de statues précieuses. On citait des parcs pleins de tigres et de lions, des lacs peuplés de serpents et de caïmans, des souterrains où s'entassaient plus de millions qu'il n'en faudrait pour acheter un royaume.

Tout cela sans avoir rien vu, car des gardes veillaient continuellement aux abords du merveilleux palais, et malheur à l'imprudent qui aurait tenté d'y pénétrer !

La réalité nous contraint de confesser que le palais de marbre était loin de réaliser les exagérations de la légende, et qu'il se composait tout bonnement d'un grand bâtiment flanqué à ses angles de tours à trois étages, couvertes de fines lamelles de cuivre qui, resplendissant au soleil, pouvaient passer aux yeux des naïfs Tonquinois pour de l'or pur.

Un rempart élevé de trois mètres seulement et percé de portes basses et étroites l'environnait de toutes parts.

Une carrière de marbre découverte dans l'île avait servi à sa construction : de là son nom.

En élevant cette forteresse, le Dragon-Rouge n'avait eu qu'une pensée : s'assurer une retraite inviolable où, en cas de danger, il pourrait se retirer avec ses fidèles et ses trésors.

En prévision de cette éventualité, la forteresse était abondamment pourvue de vivres, d'armes, de munitions ; une garnison de cinquante hommes y résidait, tandis que quelques pêcheurs dont les misérables *paillottes* s'élevaient au bord de la mer épiaient continuellement ce qui se passait dans les environs.

Or, un soir, une petite jonque montée par une dizaine d'hommes, armés jusqu'aux dents, vint accoster le bord presqu'en face du redoutable château. La lune, ce soir-là dans son plein, se réfléchissait sur les flots calmés; il faisait presqu'aussi clair qu'en plein jour.

— Halte! dit un des hommes en sautant à terre; il faut débarquer nos prisonniers.

— Avec précaution surtout, ricana un deuxième personnage; il ne faut pas les détériorer.

— Tu as raison, Long-Siéou. Mais voilà qui est fait.

A ce moment en effet deux hommes, les mains liées, la cangue au cou, venaient de prendre pied sur le sable. Derrière eux l'escorte se forma.

— Eh bien, Paul Lavergne, que t'avais-je promis ? reprit avec un sourire sarcastique celui qui avait débarqué le premier.

Le prisonnier ainsi interpellé haussa les épaules sans répondre.

— Souviens-toi de mes paroles, continua l'autre. Je t'avais dit : Entre-nous c'est une lutte à mort, sans trêve, sans répit; je t'arracherai ta puissance lambeau par lambeau, je te verrai râlant, impuissant te tordre à mes pieds, et je serai sans pitié! N'ai-je pas tenu ma promesse? N'êtes-vous pas tous deux en mon pouvoir ?...

— Qui sait, maudit! murmura le compagnon de Paul

Lavergne. Dieu est grand et, pour ma part, je ne désespère pas encore.

Un ricanement strident lui coupa la parole.

— Ris, Fang-Tiouc! ris! continua Blanchet, car c'est lui que nous retrouvons. Que veux-tu, je suis fait ainsi, moi, j'ai beau sauter, je retombe toujours sur mes pieds! Fang-Tiouc tu as eu tort : il ne fallait pas laisser libres Pé-Tsung, Ly-Oua et Tson-Ming...

— Un vieillard, deux idiots!...

— Avec l'aide de Dieu ils seront puissants. Tu ris encore! c'est que tu ne connais pas le Dieu que nous invoquons, c'est que tu ne sais pas que plus le coupable s'élève, plus il est près de sa chute! Je te verrai faire la culbute, Fang-Tiouc...

— Marchons! dit le pirate brusquement.

La petite troupe se dirigea vers le palais de marbre, dont la masse blanchie par les rayons lunaires se détachait bizarre et fantastique sur le fond sombre des forêts. La grande porte en bois de *schen* était solidement fermée et verrouillée ; Fang-Tiouc fit résonner le gong suspendu à un des vantaux ; un guichet s'ouvrit aussitôt et une voix demanda :

— Qui vient là ?

—Le maître! répondit Fang-Tiouc.

En même temps il fit briller l'anneau qu'il portait au doigt. La porte alors tourna sur ses gonds et Fang-Tiouc entra. Dans la première cour, prévenus par ce cri : *le Dragon-Rouge!* les forbans qui composaient la garnison se prosternaient le front dans la poussière.

— Qu'on enferme les prisonniers! ordonna Fang-Tiouc.

Puis avec un sourire railleur :

— Bonne nuit!

Les prisonniers furent entraînés. On les jeta dans une sorte de sépulcre creusé en plein cœur de roche, et gardes et geôliers se retirèrent.

Les cangues et les liens leur avait été retirés. Il n'était pas à craindre qu'ils s'évadassent : on ne s'évade pas de la tombe et ce cachot en était une.

Paul et Blanchet, restés seuls, se jetèrent dans les bras l'un de l'autre.

— Pauvre ami, comme tu dois m'en vouloir! murmura Paul.

— T'en vouloir !...

— Ne suis-je pas l'auteur de ton malheur? n'est-ce pas à cause de moi que tu te trouves aujourd'hui captif, menacé d'une mort ignominieuse ?...

— Pas de ça, Lisette! pas de ça! interrompit Blanchet. Si je t'ai suivi ç'a été de mon plein gré. Rappelle-toi notre conversation à Phu-Hoa près de Saïgon! Non, mon pauvre vieux, je ne regrette rien de tout ce que j'ai fait, si ce n'est de n'avoir étranglé ce coquin de Fang-Tiouc alors que nous le tenions....

— Une chose me console pourtant, reprit Paul. Jacques de Viallac est prévenu, il sait où se trouve Elisabeth, il la sauvera. Notre mort n'aura donc pas été tout à fait inutile.

— Tu parles de mourir! allons donc! La vie m'apparaît

belle et bonne encore ; j'ai soif de lumière, d'air, de liberté...

— Eloigne ces pensées qui ne peuvent qu'amollir ton courage.

— Et après, qu'est-ce que la mort ? Le passage d'une existence misérable, abreuvée de tous les ennuis, à une béatitude éternelle. S'il faut mourir, mourons en gens de cœur, le sourire sur les lèvres, les yeux levés au ciel, la pensée à Dieu et à la patrie.

— Oh ! Blanchet ! Blanchet ! tu es meilleur que moi.

— Je suis plus positif, voilà tout ! Tant que je pourrai me raccrocher à une espérance si vague, si lointaine qu'elle soit, j'attendrai avec confiance. Mais le voyage m'a brisé et il faut être fort pour paraître devant nos bourreaux. Bon soir, bonne nuit.

Et s'étendant sur sa couche il ne tarda pas à s'endormir profondément.

— Quel homme ! murmura Paul. Rien ne l'abat...

Et pensif, la tête entre les mains, assis sur un bloc de marbre, il oublia le présent si triste pour se plonger dans les douces réminiscences du passé.

Si au fond des cachots sinistres tout était ténèbres et regrets, dans le coquet appartement où se trouvaient Fang-Tiouc et son ami, les lumières étincelaient, la gaieté était sur les fronts, la joie dans les cœurs.

Pendant que Long-Siéou assis sur des coussins fumait une cigarette de tabac parfumé, Fang-Tiouc, radieux, se promenait de long en large, jetant parfois un regard de satisfaction sur l'anneau qu'il portait au doigt.

On se rappelle que, lors de l'arrivée des captifs dans la citadelle de Lao-Kai, il avait ordonné à un des gardes d'enlever cet anneau. La chose avait été facile, et Paul, dans sa douleur, ne s'en était même pas aperçu.

Il avait bien d'autres préoccupations.

— Fang-Tiouc, dit brusquement Long-Siéou en jetant sa cigarette et en bourrant une chique de bétel, il est temps d'agir. Que décides-tu relativement aux prisonniers? Tu ne les as pas, j'imagine, traînés de Lao-Kai ici pour les garder à perpétuité dans les cachots du palais.

— Non, ils mourront.

— Alors pourquoi tarder? Morte la bête mort le venin, dit-on. Eux morts leurs cadavres ne nous embarrasseront plus.

— C'est vrai, je me dis cela... fit le forban en tourmentant convulsivement le manche de son poignard; je sais leur mort nécessaire et pourtant je ne puis me résoudre à l'ordonner. Tu ne comprends pas cela, toi? C'est que — eux morts — ma haine meurt aussi et je ne ressentirai plus cette effroyable joie de les tenir en mon pouvoir, d'être le maître de leur vie, de pouvoir les torturer, les humilier à mon gré...

— Prends garde, Fang-Tiouc! d'ici à quelques jours il pourrait bien se passer des événements, des faits qui te feraient regretter ces retards.

— Soit ! ils mourront, mais plus tard.

Long-Siéou secoua la tête, mais ne répondit pas.

Les jours se passaient et Fang-Tiouc n'avait encore rien décidé. Les prisonniers étaient bien en son pouvoir cependant, il était le maître de leur vie, ils étaient *sa chose* comme il le disait cyniquement. Mais dans sa haine il éprouvait un bonheur, une jouissance ineffable à la pensée qu'il pouvait les faire périr ou prolonger à son gré leurs souffrances, leur longue agonie morale..... Oh ! c'était un raffiné de vengeance que 'le terrible forban !

Souvent il descendait dans les cachots et, là, acerbe, provocant, il essayait de fouetter, de révolter les sens de ses captifs. Mais vainement ! il se heurtait toujours contre la froide impassibilité de Paul, les railleries mordantes et finement aiguisées de Blanchet.

— Tes bourreaux ne sont donc pas prêts, ou tu n'es plus le maître de tes gens que tu nous fais ainsi languir ? raillait l'un. Prends garde, digne forban ! C'est peut-être laisser à Pé-Tsung et aux autres le temps de nous délivrer.

— Je vous couperai en petits morceaux !...

— Tu es le maître, ordonne, répondait l'autre froidement.

Alors rugissant, écumant, il se sauvait sur le rempart où le vent fouettait son front brûlant ; il méditait les supplices les plus horribles, les plus cruellement raffinés et, comme toujours, ne décidait rien.

Long-Siéou ne le reconnaissait plus tant la haine l'avait changé.

— Tu enfiles un mauvais chemin, Fang-Tiouc, lui disait-il. Allons, une minute, une seconde de résolution et ils disparaîtront, et, avec eux disparaîtront aussi tes insomnies, tes appréhensions.

— Qu'ils meurent donc! répondait le pirate.

Mais après une minute il ajoutait:

— Non, la mort elle-même leur serait trop clémente, elle terminerait leurs souffrances et je veux qu'ils endurent, qu'ils expient encore! je veux qu'ils pourrissent vivants au fond de ces cachots sinistres! qu'ils subissent les affres cruelles d'une longue et terrible agonie...

— Eh bien, je les tuerai, moi! pensa Long-Siéou. Que l'occasion se présente seulement et, par Bouddha! je ne la laisserai pas s'échapper.

Cependant toujours poursuivi par ses pensées de haine et de vengeance, Fang-Tiouc ne voyait rien, n'entendait rien. S'il avait été plus clairvoyant, dans ses longues promenades sur les remparts, par ces nuits claires, lumineuses, pendant lesquelles l'île tout entière était baignée de brumes transparentes, il aurait aperçu des jonques chargées d'individus en armes accostant mystérieusement parmi les roseaux et les bambous, il aurait vu des gens vêtus comme des paysans s'introduire sous bois, ou encore, se glissant dans les paillottes des pêcheurs, enlever hommes, femmes, enfants et les conduire dans d'autres îles où d'abondantes distributions de vivres et de *sapèkes* leur faisaient oublier cet ennui momentané.

Et aussitôt les nouveaux arrivants prenaient la place de ceux qu'ils avaient si brusquement expulsés et enlevés.

Mais, nous le répétons, n'ayant de pensée, de force que pour sa haine, Fang-Tiouc ne voyait rien, n'entendait rien.

Le redoutable forban n'était plus qu'un monomane idiot.

Les événements se dessinaient pourtant.

XVII. — Quelles étaient les Chanteuses nomades.

Ce soir là un de ces violents orages, un de ces redoutables typhons si communs dans les mers de Chine, s'était abattu sur l'île. Les arbres secoués par la rafale furieuse courbaient en craquant, en gémissant, leurs cimes feuillées par des torrents de pluie; on entendait les rauques sanglots des vagues se brisant, s'amoncelant contre les récifs aigus du rivage; pas une clarté, pas un scintillement dans l'épaisseur des ténèbres.

Mais soudain la foudre gronda avec furie et des éclairs larges, pressés montaient, se croisaient en zig-zags de feu !

Le ciel entier apparaissait splendidement illuminé.

Toute l'île vibrait, se plaignait étrangement; il sortait des profondeurs des bois des bruits sinistres et lugubres ; on eût dit que la pauvre nature se détraquait et touchait à sa fin.

Debout sur les remparts, Fang-Tiouc assistait avec une joie farouche à cette lutte des éléments moins troublés que son cœur; il éprouvait une sensation de joie ineffable à sentir les âcres caresses de la bise s'infiltrer dans ses cheveux, les rafales de pluie baigner son front brûlant.

Le matin il avait vu Paul et Blanchet et ce dernier lui avait dit :

— Avoue, Fang-Tiouc que, quoique prisonniers, nous te faisons encore peur puisque tu n'oses mettre tes menaces à exécution.

Et il s'était enfui en grinçant des dents, en blasphémant le nom de son Dieu.

Tout à coup, dans la direction du village des pêcheurs, il aperçut des lueurs brillantes, il entendit, dominant par moment les grondements échevelés de la tourmente, des éclats de rire joyeux, des refrains de chansons, il vit ses soldats qui s'enfuyaient mystérieusement du palais et se dirigeaient en courant vers le village en gaieté.....

Mais aucun ne revenait.

C'était une fête sans doute.

Alors il descendit au corps de garde et s'adressant à un soldat :

— Ouang, dit-il, va voir ce qui se passe au village et reviens m'apporter la réponse.

— Oui, Lumière du ciel, répondit le soldat en s'inclinant.

Un quart d'heure plus tard il était de retour.

— Ce sont des chanteuses et des musiciens nomades, répondit-il à l'interrogation du forban. Leur barque s'est échouée pendant la tempête sur les bas-fonds de l'île, et, comme ils ne possèdent rien, ils jouent, ils chantent pour payer l'hospitalité des pêcheurs.

— Des chanteuses! des musiciens! murmura Fang-Tiouc. Ils me distrairont peut-être quelques instants? ils me feront peut-être oublier mes noires tristesses. Cours, Ouang, dis-leur que leur place n'est pas au village mais ici; ajoute encore que je leur donnerai plus de taëls d'argent que les pêcheurs ne pourraient leur donner de *sapèkes*.

Ouang partit en courant. Quelques minutes après, la troupe nomade, composée d'une vingtaine d'hommes et de femmes, s'arrêtait à la porte du palais. Elle était conduite par un homme voûté, boiteux, bossu, chose extraordinaire dans les pays de l'extrême orient où les infirmes sont rares, où l'on conserve encore l'atroce habitude de les étouffer en naissant. Celui-ci portait une longue perruque rousse comme sa grande barbe; comme les acteurs de profession il était barbouillé de jaune, de rouge, de blanc; enfin une énorme paire de lunettes montées sur des tiges de bambou dérobait complétement l'expression de ses yeux.

Ils s'enfoncèrent sous la porte voûtée. Alors se passa une scène qui eût donné à réfléchir à Fang-Tiouc s'il avait été là. Malheureusement le forban, en compagnie de Long-

Siéou et de quelques officiers, attendait déjà dans la grande salle du palais.

A peine le portier avait-il ouvert que les musiciens, se précipitant sur lui et sur Ouang qui les accompagnait, en un tour de main, sans leur donner le temps de se reconnaître, de pousser un cri, les garrottèrent et les bâillonnèrent solidement.

— Emportez-les, dit le petit bossu à deux de ses hommes, et surtout ne les perdez pas de vue.

Déjà un des musiciens s'était dépouillé de sa longue robe et avait pris la place du portier.

— Tu connais ton devoir, veille bien, recommanda encore le petit bossu. Nous autres, à l'œuvre!...

La troupe traversa la grande cour et pénétra dans le palais par un immense vestibule qui se terminait au loin en un large escalier de marbre. Sur les degrés, des torches à la main, se tenait une partie des soldats. Les nomades gravirent l'escalier, les gardes écartèrent de riches tapisseries, et ils se trouvèrent dans une salle splendide, à la voûte soutenue par des piliers de marbre blanc veiné de rose, aux murailles lambrissées de bois de sandal, finement travaillé.

Des torches, des flambeaux serrés dans des torchères d'argent éclairaient l'immense salle.

Là, sur un divan, Fang-Tiouc et Long-Siéou trônaient entourés de leurs officiers. Les soldats voulant aussi profiter de cette fête qui leur était si inopinément offerte se tenaient dans les bas-côtés.

A leur entrée, chanteuses et musiciens se prosternèrent devant le redoutable forban. Fang-Tiouc leur fit signe de se relever et, de sa voix mordante :

— J'ai voulu éprouver votre talent, fit-il, et s'il répond à l'idée que je m'en suis fait, j'emplirai de *taëls* vos poches et vos chapeaux. Mais si vous n'êtes que de vulgaires histrions, malheur à vous ! c'est la bastonnade qui vous paiera...

— Nous sommes tes esclaves, maître ! répondit le petit bossu en se prosternant de nouveau.

Accroupis sur le parquet les musiciens accordaient déjà leurs instruments, pendant que les chanteuses — il y en avait de jolies — fardées, parées comme des chasses, prenaient des poses, des attitudes molles et abandonnées. Le concert commença, un charivari infernal mais goûté, il paraissait, des assistants; les chants où les jeunes premiers comparaient leurs amies à des levers de soleil, où il était parlé de dents blanches et nacrées comme des perles, de tailles souples comme des joncs, de regards profonds comme la mer, de bouches aussi fraîches que des roses entr'ouvertes, etc..., alternaient avec la musique.

Par moment le petit bossu oubliait de diriger son orchestre, jetait de fréquents regards vers la porte, semblait écouter les bruits du dehors. Mais rien ne venait et les grésillements de la pluie, les éclats de la foudre, les rauques soupirs du vent dans le fouillage troublaient seuls le silence de la nuit.

Alors il gourmandait ses exécutants.

Soudain une vibration puissante, retentissante éclata comme le bruit de la foudre.

— Le signal ! crièrent les musiciens en se redressant.

— Enfin ! dit le petit bossu.

Et les longues robes et les instruments furent abandonnés et, en place des chanteurs et des musiciens, on vit des hommes souples, résolus, formidablement armés, à qui le fard qui leur barbouillait les joues donnait cependant un aspect plus grotesque que terrible.

Le bossu aussi s'était dépouillé de ses oripeaux, de sa barbe, de sa perruque postiches. Le poignard à la main, il se précipita sur Fang-Tiouc en criant :

— Me reconnais-tu ?...

— Lieou-Fo ! râla le misérable.

— Oui Lieou-Fo ! Lieou-Fo qui vient tenir sa promesse ! répondit le jeune homme.

Et levant son poignard :

— Pour Mâ que tu as injustement persécutée ! dit-il.

Et il le frappa à l'épaule droite.

— Pour Paul et Blanchet tes malheureuses victimes ! continua-t-il.

Et il le frappa à l'épaule gauche.

— Pour moi enfin ! rugit-il ; pour moi que tu as brisé, torturé ! pour moi qui, grâce à ta haine, ai tout perdu patrie, famille, fortune! pour moi qui ne suis plus qu'un misérable paria!...

Cette fois le poignard du jeune homme disparut jusqu'à la garde dans la poitrine du forban qui poussa un grand cri et tomba à la renverse.

Ce fut comme un signal; des hommes armés en grand nombre avaient envahi la salle; la lance, le sabre levé ils se précipitèrent sur les hommes du forban, bien décidés à leur faire un mauvais parti.

— Non! implora une voix, non, grâce pour eux! ils ne sont pas responsables des crimes de ce monstre...

— Tu as raison, Tson-Ming, ce serait du sang inutilement versé. Qu'on les conduise à l'autre extrémité de l'île et qu'on les laisse libres...

Et pendant que la salle se vidait, Lieou reprit :

— Tson-Ming, Ly-Oua, vous connaissez les souterrains du palais... les prisonniers souffrent... allez!...

Les deux hommes ne se firent pas répéter cet ordre. Munis de flambeaux, ils descendirent les grands escaliers souterrains frappant aux portes, criant, appelant.

— *Maître! maître!* C'est nous!... Réponds...

— Qui m'appelle? qui s'intéresse encore à moi? murmura une voix sourde venant d'un des cachots.

Ly-Oua et Tson-Ming poussèrent un cri joyeux : ils avaient trouvé! Par bonheur la porte du cachot ne se fermait qu'au moyen de verrous extérieurs. Ils l'eurent bien vite ouverte, et, se précipitant comme une avalanche :

— Maître, diront-ils, Fang-Tioua est mort; tu es libre.

— Ah ! s'écria Blanchet, je savais bien que tout cela ne pouvait finir autrement ! Le vice puni et la vertu récompensée !!!

Dans la grande salle alors presque désorte du palais — Long-Siéou aussi avait été emmené par les vainqueurs — Lieou-Fo les bras croisés sur sa poitrine, un éclair au front, contemplait d'un air farouche son ennemi râlant à ses pieds.

Le misérable vivait encore : se traînant sur ses mains et ses genoux, il implorait son juge, il le suppliait de le secourir.

— Ne m'achève pas! disait-il d'une voix sifflante et entrecoupée ; laisse-moi mourir en paix... laisse-moi le temps de me repentir.

— Le repentir existe-t-il pour des êtres comme toi ?

— Pitié!...

— As-tu eu pitié de nous ?

— Oh! ne sois pas inexorable... Écoute la voix de ta conscience, de ton cœur !...

— Ma conscience ne me reproche rien. Tu étais une vipère, je l'ai écrasé sous mon talon, c'était justice! Mon cœur?... Oses-tu bien l'invoquer ? Ne l'as tu pas broyé ?...

— Pitié!... Grâce ! te dis-je!...

Et, comme tout en suppliant, il se traînait sur ses

mains laissant sur le parquet une longue traînée de sang, Lieou, plein de dégoût en face de cet homme qui ne savait même pas mourir dignement, reculait pas à pas.

Bientôt il se vit acculé contre la parois de la muraille.

Alors Fang-Tiouc, qui n'avait manœuvré ainsi que pour l'amener au point où il voulait, fit encore un pas et, comme pour se soutenir, appuya la main contre le mur.

A la pression d'un ressort caché dans la boiserie, une trappe s'ouvrit dans le plancher.

Rassemblant ses dernières forces, le forban s'empara d'une des torches qui éclairaient la salle et, avec un ricanement sinistre :

— Là sont les poudres du Dragon-Rouge!... bégaya-t-il en désignant l'ouverture béante ; là se trouve plus de matière explosible qu'il n'en faudrait pour faire sauter le palais !... Lieou-Fo, réjouis-toi... nous mourrons ensemble, eux aussi... tous !...

Comprenant le danger terrible qui menaçait ses amis, Lieou voulut le retenir. Trop tard !... la torche lancée par une main sûre décrivit une parabole rapide et semée d'étincelles et tomba dans le gouffre béant.

Quelques instants après, une violente détonation couvrant les fracas échevelés de la tempête ébranla l'île jusque dans ses assises...

Le palais de marbre n'existait plus !

Mais parmi les décombres, on eût pu voir soudainement apparaître quatre hommes pâles, défaits, une sueur glacée au front.

C'étaient Ly-Oua, Tson-Ming, Paul et Blanchet !

La voûte épaisse du cachot souterrain les avait protégés : ils étaient sauvés !...

CONCLUSION

La ville tonquinoise d'Haï-Phong s'élève comme un avant-poste sur un des bras du Song-Koï à l'embouchure de ce fleuve géant.

C'est comme toutes les cités tonquinoises une forteresse redoutable protégeant de ses murs élevés, de ses canons, la cité marchande assise à ses pieds.

Sur les quais larges et plantés d'arbres, on peut voir de grands magasins, des chantiers de construction pour les jonques et les *sampangs*; les rues commerçantes sont bruyantes, animées, les *coolies*, les négociants courent, se pressent; les matelots chantent, se querel-

lent, chargent et déchargent leurs navires, c'est la vie
enfin...

Mais rarement dans cette foule on voit poindre les
casques de liége de nos troupiers, de nos gendarmes
coloniaux. Bien que nous possédions à Haï-Phong un
résident et une compagnie d'infanterie de marine, nos
soldats, séquestrés dans les terrains concédés où s'élèvent
les casernes, n'en peuvent sortir à moins d'ordres formels,
ce qui nous place dans une situation fausse et humiliante
vis-à-vis des Annamites.

Si, comme nous le disions plus haut, l'animation
déborde dans les faubourgs, dans les quartiers riches,
dans les *Yamen* somptueux, les grandes cases mandari-
nales, la vie est toute d'intérieur, retirée, casanière.

Quelques jours seulement avant le moment où nous
renouons les fils si souvent brisés de notre récit, un
vieux chinois et deux femmes, l'une vieille, sèche et
ridée, l'autre dans tout l'éclat de sa radieuse jeunesse,
étaient arrivés à Haï-Phong. Le vieillard avait loué
immédiatement une petite case voisine du port et s'y
était établi avec ses deux compagnes, sa femme et sa fille,
disait-il.

C'était tout ce qu'on savait de lui ; mais, rangé, poli, ne
se mêlant des affaires de personne, il ne pouvait donner
prise à la critique.

Chaque jour, accompagné de sa fille, il se rendait sur le port et là, une lorgnette à la main, il examinait attentivement les navires entrant dans le Bac d'Agian, semblant guetter l'arrivée d'un ami, d'un parent.

Mais toujours cette attente était vaine, toujours la nuit le surprenait à son poste. Alors, ramassant sa lorgnette, il reprenait tristement le chemin de sa petite case.

— Ce sera pour demain! disait-il avec un soupir.

Et la jeune fille aussi soupirait.

Enfin, un soir, il poussa un cri joyeux; une jonque entrait dans le port et, à l'avant, attentifs aussi deux jeunes hommes regardaient.

— Eux! Paul! Blanchet! s'écria-t-il.

— Jacques! Mâ! murmurait au même instant un des passagers de la jonque.

Et sans attendre dans son impatience que le navire accostât, il s'élança d'un bond sur le quai et se précipita dans les bras du vieillard.

— Mon père! dit-il, mon père! Oh! Dieu est bon, il a protégé votre voyage, il *l'a* sauvée comme il nous a sauvés. Mâ, continua-t-il en s'adressant à la jeune fille; Mâ — permettez-moi de vous conserver ce nom sous lequel je vous ai connue d'abord — vous savez maintenant qui vous êtes, à quelle race vous appartenez.

— Oui, et je suis fière d'être française, Paul, puisque vous êtes français! dit la jeune fille en présentant à Paul une main qu'il garda longtemps dans la sienne. Mais en m'instruisant du secret de ma naissance, mon oncle m'a dit aussi tout ce que je vous dois, les miracles que vous avez tentés pour me délivrer, me rendre une patrie, une famille...

— Oh! ne parlons pas de cela! interrompit Paul. Un seul de vos regards, un seul de vos sourires, me paie au centuple de tout ce que j'ai souffert...

Blanchet, Tson-Ming et Ly-Oua avaient aussi mis pied sur le quai.

— Sapristi! murmura Blanchet qui se sentait la paupière humide, voilà le seul moment de bonheur parfait que je goûte depuis que je suis dans ce satané pays.

— Et Lieou-Fo? demanda Jacques.

— Il est mort, mon père, mort en se vengeant, mort pour notre salut.

On reprit, en causant de ses aventures, le chemin de la petite case, où la vieille servante s'efforçait déjà de rassembler les éléments d'un copieux souper.

* * *

Quelques jours après nos amis rentraient à Saïgon.

Paul avait résolu de se fixer sur cette terre asiatique où il avait tant souffert, où il avait enfin l'espérance d'être si heureux.

Jacques et Elisabeth de Viallac, déshabitués des usages de la vie européenne, n'ayant sur le sol natal ni parents ni amis, ne purent qu'applaudir à cette résolution.

Mis en possession de la fortune de son père, Paul se fit concéder sur les rives du Donnaï de vastes terrains qu'il comptait mettre en culture, où il voulait élever des écoles, des ateliers, des fermes modèles, afin d'aider dans la mesure de ses moyens à la régénération sociale et intellectuelle des malheureux annamites.

Tson-Ming et Ly-Oua, dégoûtés du métier de pirates, régénérés par l'affection, le dévouement qu'ils avaient montré à leur jeune chef, deviendront les directeurs de ces établissements où tout, je vous en réponds, marchera rondement et militairement.

Blanchet, devenu l'*alter ego*, le sosie de Paul déclara qu'à son tour il allait devenir concessionnaire et prendrait femme pour ne pas quitter son ami.

Car, quelques mois après son arrivée à Saïgon, Paul avait épousé Elisabeth de Viallée. La cérémonie terminée, au retour de l'église, il s'agenouilla devant sa jeune femme et, tirant de son sein une petite miniature cerclée d'or, la lui tendit en disant :

— Voici le trésor le plus précieux que je puisse vous offrir, Mâ : le portrait de votre mère ! Prenez-la, cette chère relique, et qu'elle soit votre joie, votre orgueil comme elle a été ma consolation dans les épreuves terribles que j'ai traversées...

A quelques pas de là, Jacques essuyait ses yeux mouillés de douces larmes...

* * *

Les pirates dispersés après l'explosion du palais de marbre, sans chef, sans direction, n'ont pu se reformer. Les uns se sont enrôlés dans les bandes rivales, les autres se sont rangés sous les ordres des Pavillons noirs qui continuent à ravager le haut Tonquin, ou, plus avisés, dégoûtés de cette vie de périls incessants, se sont faits soldats, matelots, laboureurs.

Long-Siéou, épargné par Lieou-Fo, est mort de rage de voir ses plans déçus, ses calculs ambitieux renversés par la fatalité...

De l'infernale puissance du Dragon-Rouge, il ne reste plus rien, rien que le souvenir qui, grossi, enjolivé par la légende, fait encore les délices et l'effroi des Tonquinois dans les longues veillées du soir...

FIN.

TABLE

TABLE

—

I — Le Tonquin.   5

II — Où l'on voit paraître le Mystérieux Dragon-Rouge.   18

III — Celui que Fang-Tiouc n'attendait pas.   23

IV — Où l'on voit que le proverbe « qui se ressemble s'assemble » n'a rien perdu de son actualité.   33

V — Ce que Fang-Tiouc et Long-Siéou allaient faire à Ha-Noï.   43

VI — Où les forbans s'emportent et où Lieou-Fo se fait connaître.   51

VII — Où les événements se succèdent avec rapidité.   61

VIII — Où Paul et Blanchet apprennent bien des choses.   71

IX — Où l'on vogue sur les eaux bleues du fleuve Rouge. La mort du commandant Garnier.   81

X — De la rencontre que firent Fang-Tiouc et Long-Siéou dans la forêt tonquinoise.   92

XI — Toujours sur le Fleuve Rouge. — Une surprise désa-
      gréable.   103

XII — Enragés comme des fauves. — Ce qu'était Pâ-Taung.   113

XIII — Où Fong-Tioua joue le chef des « Pavillons noirs. » 123

XIV — De Lao-Kaï à Mong-Hao.   133

XV — Une fête à Yém-nan-sén.   146

XVI — Le Palais de marbre.   153

XVII — Quelles étaient les Chanteuses nomades.   169

      CONCLUSION.   170

FIN DE LA TABLE.

Limoges. — Imp. E. ARDANT et Cⁱᵉ

Original en couleur

NF Z 43-120-8

www.ingramcontent.com/pod-product-compliance
Lightning Source LLC
Chambersburg PA
CBHW070850030726
47504CB00005B/1296